COLLECTION FOLIO

J.-B. Pontalis

L'enfant des limbes

Gallimard

Jean-Bertrand Pontalis a d'abord été professeur agrégé de philosophie puis chercheur au C.N.R.S. avant de s'orienter vers la psychanalyse.

Auteur de plusieurs essais et coauteur du *Vocabulaire de la psychanalyse*, il n'a pas pour autant oublié la littérature. En 1980, il publie un roman, *Loin*, et en 1986 un récit autobiographique, *L'amour des commencements*, qui a reçu le prix Femina-Vacaresco. Dans son dernier ouvrage, *Fenêtres*, littérature et psychanalyse se rejoignent.

Membre du Comité de lecture des Éditions Gallimard, il dirige une collection d'ouvrages psychanalytiques, « Connaissance de l'Inconscient », et une collection littéraire, « L'un et l'autre ». Il a animé de 1970 à 1994 la *Nouvelle revue de psychanalyse* et, de 1980 à 1989, *Le Temps de la réflexion.*

À Roger Grenier
et
Pour Claude Roy

Cela s'appellera *Limbes.*

J'ignore ce que signifie au juste le mot « limbes ».

Qu'il reste indéterminé me plaît bien. Depuis longtemps, il m'attire… Une voix, ma voix, me murmure — elle ne peut pas être forte : les limbes, les limbes. Je crois savoir qu'on désigne par là le lieu qui accueille les enfants morts avant d'avoir été baptisés. Mais c'est un souvenir vague comme si tout ce qui concerne les limbes ne souffrait pas de précision. Pour quel obscur motif ce mot dont je prolonge la première syllabe et qui paraît se tenir à mi-chemin entre le clair et le sombre exerce-t-il sur moi un tel attrait ? Souhaiterais-je séjourner dans le limbe des enfants ? N'aimerais-je que les pensées à l'état naissant qui se refusent à être cernées ? Serais-je épris de ces rêves qui tiennent lieu de réalité ? Ne serais-je touché que par ceux qui n'ont pas une identité bien assurée, qui ne sont pas ce qu'ils sont ou croient être, et alors les femmes, plus que les hommes, seraient ces êtres-là, incertains, insaisissables, celles qu'on ne saurait baptiser, celles qui seraient toujours en attente d'on ne sait trop quoi ?

Demeurer dans l'imparfait, l'inachevé, dans l'inquiétude, à moins que ce ne soit l'extrême quiétude de celui qui n'a rien à craindre et plus guère à espérer.

Choisir l'entre-deux, manière d'éviter les brûlures de l'Enfer ou la monotonie du Paradis supposé combler nos désirs une fois pour toutes et mettre un terme définitif à l'attente.

Ne pas être *fini*. Mais être là, hors du temps mesurable comme de l'éternité.

Limbes, limbes… Je dois enquêter. Je décide d'aller dans une librairie qui passe pour spécialisée en littérature religieuse.

Je m'adresse à un vendeur. Ses yeux sont tout absorbés par l'écran de son ordinateur. Au-dessus de cet homme inanimé, je lis un écriteau précisant la nature du rayon : « Spiritualité ».

Je me sens gauche, gêné comme si je pénétrais dans un lieu qui m'était interdit. J'éprouve le besoin de me justifier : « Je ne connais rien à la théologie mais je m'intéresse aux limbes. Pourriez-vous m'indiquer quelques titres, me donner des références ? » L'homme au teint bilieux, aux lèvres minces, au regard éteint relève les yeux de son écran où ne s'inscrivent que des chiffres. Plus que de la surprise, je vois de l'hostilité dans son regard. Cette librairie serait-elle l'antichambre d'un tribunal divin et cet employé préposé à faire le tri entre les clients sérieux et les autres, ceux qu'on éconduit ou dont on ne sait que faire ? J'insiste et marmonne, à peine audible : « Je m'intéresse aux limbes pour, pour… des motifs personnels. » La réplique est immédiate : « Non, nous n'avons aucun ouvrage sur *ça* » et le libraire réprobateur ajoute quelque chose comme : « C'est une notion qui n'a plus cours » tel un employé de banque qui annoncerait à quelque imbécile ignorant tout du marché boursier : « Mais enfin, Monsieur, c'est une valeur qui n'est plus cotée, depuis bien longtemps. »

Je reste planté devant l'homme à l'ordinateur qui, de guerre lasse, s'écrie : « Voyez Augustin. » Un instant je crois qu'il mc désigne un de ses collègues… Puis j'entends et tous les clients de la librairie entendent ces mots lancés à la cantonade : « Ce monsieur s'intéresse aux limbes. »

Qu'y a-t-il donc d'inacceptable à se dire attiré par les limbes, pourquoi « ce monsieur » serait-il coupable d'être tenté d'aller y voir ? Pour un long séjour, sans fin peut-être.

Un autre employé vient à mon secours. Il cherche en vain dans les rayonnages puis m'indique un dictionnaire en dix-huit volumes. Dans le volume VII, je trouve une « entrée » *Limbes.* Je note la référence : *Catholicisme*, vol. VII, pp. 792-799.

Cela fait près de quarante ans que je ne suis pas allé à la Bibliothèque Nationale mais j'ai toujours gardé dans mon portefeuille ma carte de lecteur avec sa photo d'identité (qui était donc ce jeune homme grave, attentif ?). En attente, au cas où... Je pressens qu'en y pénétrant aujourd'hui je connaîtrai cette émotion inquiète qu'on éprouve quand on s'approche d'un lieu qu'on a beaucoup fréquenté dans sa jeunesse. Sera-t-il devenu méconnaissable ou resté identique ? Trouble dans les deux cas : « Ce n'est plus ça, plus ça du tout » et voici la nostalgie qui s'annonce, mais pas la grande et belle nostalgie, faite d'ombre et de lumière, de la terre et de la langue natales que connaissent le voyageur et l'exilé, non, celle, amère, plaintive, du casanier qu'effraye tout ce qui n'est pas « chez soi ». Ou bien ce sera ce constat : « Tout pareil, rien de changé » et alors c'est l'immobilité mortelle qui s'installe : rien donc jamais ne bougera, où donc trouver le mouvement de la vie ?

Toujours, j'aurai cherché un subtil équilibre entre le temps qui passe et celui qui ne passe pas. Mieux qu'un équilibre : leur ajointement, leur fusion même, qui se nomme instants de bonheur, cette permanence de l'éphémère qui vient parfois, inespérée, à notre rencontre. Moments de détresse aussi bien, quand, le sol cédant sous nos pieds, nous perdons tout recours et qu'il n'y a plus pour nous ni passé ni présent ni futur : nous tombons hors du temps, nous tombons sur place.

Traverser les jardins du Palais-Royal, cette précieuse et lumineuse clairière de la ville. Passer sous la fenêtre en demi-lune de l'entresol de Jean Cocteau. Imaginer que j'occupe à l'année une chambre ensoleillée du dernier étage de l'Hôtel du Beaujolais. Longer le « Grand Véfour » du *Diable au corps* où s'est jouée la scène du vin qui sent le bouchon. Un coup d'œil sur l'entrée du théâtre où *La Vie parisienne* et son Brésilien m'ont rendu joyeux et léger pendant une semaine. Gravir quelques marches et par un court passage déboucher sur la bruyante rue de Richelieu pour connaître enfin le silence studieux de la B.N. après avoir vérifié que le square Louvois existait encore avec ses bancs toujours inoccupés, et, à l'un de ses angles, le café où j'allais dévorer à pleines dents un « jambon-beurre » accompagné d'un ballon de rouge, histoire de m'assurer de ma réalité humaine ordinaire après avoir péniblement ramé au cours de ma lente traversée de l'idéalisme kantien.

Chaque pas ce matin suscite une image ou un souvenir, je ne distingue pas l'un de l'autre, ce qui viendrait d'un passé lointain ou surgirait du présent. Cette indistinction serait-elle mes limbes, mon au-delà personnel, tandis que je marche sans me presser le long de cet étroit trottoir parisien ? Et toutes ces images, si j'avais le goût de m'abandonner à leur pouvoir d'évocation, m'entraîneraient dans mille directions, redonneraient chair, un semblant de chair (d'où sans doute le charme qu'elles exercent) à des années oubliées, à des visages perdus de vue, à des corps caressés, enlacés — cela, c'est plus difficile —, elles me feraient passer d'un temps à l'autre.

Autant d'images, autant de possibles. Pourquoi avoir suivi, je ne peux pas dire : choisi, ce chemin plutôt qu'un autre ? Il s'en est fallu de si peu que je ne devienne comédien ou instituteur de village ou journaliste ou même, par dégoût des études et méfiance à l'endroit d'un langage manquant par trop de consistance, conducteur de camions... De moins encore que je n'aille rejoindre Jane aux États-Unis et, qui sait !, l'épouser, et nous aurions eu des enfants aussi blonds et rieurs qu'elle. Pourquoi être resté en France où pourtant je ne trouvais pas ma place ? De quoi avais-je eu peur ? Doutais-je de l'amour de Jane ou du mien ? Et ce coup de volant dans la nuit qui, pour éviter un chien, avait failli précipiter ma voiture, et moi avec, contre un platane de haute Provence...

Soudain ma rêvasserie, qui me permet à bon compte de fausser compagnie à celui que je suis devenu, et, je le crains, devenu définitivement, laisse place à une pensée qui m'entraîne vers ce qui actuellement m'occupe : si ce que j'enviais aux enfants des limbes, c'était qu'étant morts à peine nés, ils avaient tout le loisir, ces rêveurs permanents, de s'inventer toutes les vies imaginables alors que nous sommes voués, nous vivants-survivants, à ne connaître que cette seule vie que des circonstances aléatoires nous ont façonnée, et à rêver, avec plus de mélancolie que d'espoir, à tout ce qui aurait pu être et n'a pas été.

Horizon illimité de l'enfant des limbes ! Je le vois porté par l'eau calme d'une rivière ou d'un bras de mer, flottant doucement entre le sommeil et l'éveil. Il n'a pas connu la succession des jours, des saisons ni des siècles, il n'a pas d'âge ou il les a tous. Aucun nom ne lui a été donné, il est l'enfant sans nom. Dépourvu de parents, est-il même vrai qu'il puisse être qualifié d'enfant ? Il n'a pas l'usage de la parole mais, resté sans voix, voué au silence, il entend toutes les musiques. Sans doute ne voit-il pas mais il est plus voyant que nous, tout comme cet aveugle-né d'une nouvelle que j'ai lue hier soir avant de me transformer à mon tour en voyant quand j'aurai les yeux clos. Il n'a pas d'histoire, ignorant tout de son passé et de son futur. Il ne connaît que son présent qui l'ouvre à tout ce qu'il n'est pas mais pourrait être : il est cheval sauvage et chat dormeur, arbre et oiseau, tous les oiseaux sauf les prédateurs, brin d'herbe des prés et navire, lac de montagne et chemin creux, océan et nuage, le vent, la pluie, la neige, poisson volant, prince et vagabond, caillou et fleur et même caillou-fleur. Parfois il s'octroie le privilège, lui qui ne peut pas dire « moi », l'immense bonheur de n'être rien.

Aucune forme ne lui est étrangère puisque le temps ne lui a pas été accordé d'en acquérir une sur notre terre. Il peut même n'en prendre aucune, préférant n'être qu'un entrelacement de lignes, une tache d'encre, ruban de couleurs, ondulations de sable.

Je lui prête le pouvoir, à ce délaissé des humains, à ce méconnu de Dieu à qui la douceur et le malheur de vivre ont été refusés, de se créer indéfiniment. Je l'imagine, cette petite chose immobile, sous les traits d'un grand migrateur. Je le veux plus libre, plus innocemment délirant que je ne le serai jamais. A-t-il été expulsé de la vie ou est-ce lui qui en a pris congé ?

Comme lui, mais pour un court instant, je divague en tous sens. Au contact des pavés de la cour de la Bibliothèque, je redeviens celui qui s'est fixé un but. Cesser de divaguer : savoir. Pourquoi cette invention des Limbes ? Pourquoi ce lieu intermédiaire entre l'Enfer et le Paradis et différent du Purgatoire — cette prison où les coupables, ces malpropres, ces souillés *purgent* leur peine qui se voit réduite si les prières des vivants sont assez nombreuses et ferventes (en aurai-je assez fait de ces prières à l'usage de mon père dont on m'avait persuadé qu'il n'était pas un saint) ? Pourquoi ce lieu était-il destiné aux enfants qui n'avaient d'autre tort que d'être nés pour mourir ? Pourquoi ces enfants embarrassaient-ils tant les *Pères* de l'Église ? Et pourquoi ne convenait-il plus d'y croire, à ce limbe, à ce lieu de l'entre ?

Je me doute que les savants théologiens vont me faire perdre mes illusions comme ce triste libraire que j'en suis venu à exécrer. Pas de place pour le limbe des enfants sur l'écran de l'ordinateur. Plus de place dans la géographie de l'au-delà pour l'apatride ! Que je lui en accorde au moins une dans ma géographie intérieure.

Le guichet à l'entrée où il faut présenter sa carte, valable pour un jour, pour un an et où, tout à l'heure, en sortant, il faudra ouvrir sa serviette pour prouver qu'on n'a rien dérobé. Tout au fond de la travée centrale, les bibliothécaires auxquels on remettra son bulletin de commande où l'on aura dûment noté les « cotes » après lente consultation des catalogues, épreuve vertigineuse. Et surtout, c'est la première chose dont je veux m'assurer, les lampes à opaline. Oui, elles sont là, immuables, éclairant déjà, en ces premières heures d'une grise matinée, chaque espace délimité de la longue table où, j'imagine, des besogneux en mal de thèse, quelques retraités en mal de généalogie et peut-être l'autodidacte de *La Nausée* en mal de savoir total sont entourés d'ouvrages reliés de toile, persuadés qu'ils vont trouver le document souhaité, l'idée, la proposition, le mot que personne n'avait su repérer avant eux et qui, magiquement, garantira le succès de leur laborieuse entreprise.

Ils reviendront demain, après-demain, des années s'il le faut. Passé les rares moments d'exaltation que leur aura valus une trouvaille — l'ébauche d'une branche supplémentaire dans l'arbre généalogique, un fragment posthume de Nietzsche, le livre de raison d'un métayer du Poitou —, ils rentreront le soir chez eux fatigués, légèrement déprimés, après s'être assis un moment sur le banc du square Louvois pour y fumer une cigarette. Puis ils retrouveront leurs épouses attristées d'avoir pour seule rivale une bibliothèque inépuisable — comment lutter ? — et des enfants bruyants qui n'ont pas encore renoncé à jouer.

Ces gens-là sont en attente. Les voyant, si sagement installés l'un à côté de l'autre sans échanger un mot, je me dis que sous la grande verrière de la Bibliothèque et se tenant au plus près de leur petite lampe verte, ils passent là leur temps, à moins qu'ils ne le tuent, le meilleur de leur temps, dans les limbes.

Pages 792 à 799 du volume VII du dictionnaire en vingt volumes *Catholicisme.*

Le nom : « Frange, bord, zone frontière. » Comme ça me convient ! Ne pas se situer au centre en tenant alors tout le reste à l'écart, ne pas se prendre pour le centre, séjourner dans les bordures, se mouvoir sur les frontières en allant d'une incertitude à une autre avec pour seule certitude, et même celle-ci peut vaciller, que quelque chose de soi dans sa fragilité tient bon.

Je poursuis : « Emploi relativement récent en théologie, ne faisant son apparition que vers le XIIe siècle. Auparavant, les formules de l'Ancien Testament ou de la littérature juive parlaient de *shéol* ou du "sein d'Abraham" ; celles de la première littérature chrétienne d'"enfer" mais soigneusement contre-distingué de l'enfer des damnés. »

(*Shéol* : il faudra que je consulte un dictionnaire du judaïsme. *Sein d'Abraham* : une Bible qui aurait un index. Dans quoi me suis-je embarqué ?)

Jusque-là rien à redire. Mais voici que le rédacteur de l'article quitte le terrain de la stricte information. Il n'apprécie pas qu'on définisse les limbes comme un *lieu*, un *endroit*. La seule formule acceptable à ses yeux serait « l'*état* dans lequel... ». Et il s'en prend à l'iconographie qui, « en s'emparant de ces thèmes, n'a pu que rendre un mauvais service ; on doit éviter de se laisser contaminer par elle ».

État plutôt que lieu... Il doit y avoir un enjeu qui m'échappe dans cette affaire. *État* laisserait-il entendre qu'un changement (d'état) reste possible ? Un *lieu* serait-il assigné définitivement ? Je préfère ne pas dissocier les deux. Des lieux dépendent pour une large part nos états. Ce sont les lieux, surtout quand nous en sommes séparés, quand ils s'absentent et que nous ne pouvons plus que les évoquer, qui constituent notre mémoire et permettent l'oubli. Les limbes : lieu de l'absence.

Et puis, que des hommes, en un temps où ils n'avaient pas les moyens d'établir une carte de la Terre, se soient employés pendant des siècles à figurer celle de l'au-delà, à en circonscrire les contours, ajoutant un territoire à un autre, à en préciser les climats, à en décrire les populations, tout cela m'assure qu'ils exigeaient un autre monde, la réalité d'un autre monde.

Quel peut bien être pour nous, pour moi, un *autre* monde ? Où le chercher, où le trouver ?

Je vois les limites de l'iconographie mais je ne la dédaigne pas, j'accepte de me laisser « contaminer » par elle. En me donnant à voir ce qui, si j'étais privé d'elle, risquerait de n'être que discours contestable, en me rendant présent ce que je ne vois pas, elle me persuade, dans la puissance naïve que je lui accorde, que *cela est*, sans que je puisse déterminer ce qu'est ce *cela*. Je ne pressens qu'une chose : que mon au-delà est ici, que mon « autre monde », proche et lointain, est ce qui me rend vivant. Si je n'y avais pas accès, je serais quoi ? une machine intelligente ? un animal bien adapté ? une pierre muette ? (tentation aussi de n'être que cela).

Je n'ai parcouru que quelques pages du dictionnaire et ce n'est pas dans un autre monde que je suis transporté. Je me trouve face à un univers mental fermé, circulaire. Quelle présomption aussi d'avoir cru que je pouvais me proposer de résoudre la seule énigme du limbe des enfants qui, de surcroît, n'est sans doute une énigme que pour moi, et, sottise supplémentaire, d'avoir attendu d'un dictionnaire qu'il me fournisse la réponse. Je savais bien pourtant qu'un dictionnaire renvoie nécessairement d'un mot à un autre, vous faisant sauter, plus qu'en vous ménageant des passerelles, d'une énigme excitant la curiosité à l'opacité du mystère.

Pas un paragraphe de l'article « Limbes » qui ne signale entre parenthèses « *Voir* : baptême, *Voir* : immortalité, résurrection, péché originel, jugement dernier… ». Tout se tient et tout me laisse à l'écart, renforçant mon ignorance. Je me retrouve dans la situation de ces enfants — dont je fus — ouvrant le Larousse dans l'attente troublante d'y découvrir les secrets de la sexualité comme ils ouvriraient une armoire de la cuisine pour satisfaire leur gourmandise. Et bernique ! là, déjà, sautant d'un mot à un autre qui renvoie au précédent, l'enfant-chercheur constate que le secret n'a fait que s'épaissir, qu'au mieux c'est partie remise et que, comme disent les adultes qui pourtant fabriquent les dictionnaires, il comprendra plus tard.

Mais dans le même temps où j'éprouve cette déception, j'envie la passion de ces théologiens comme j'envie celle des observateurs des astres ou des molécules. Je me dis que la théologie est une science qui peut nous paraître folle, à nous mécréants, dont la folie est dans l'assurance d'être délivrés de toute croyance, mais une science s'acharnant à soumettre à la raison ce qui est hors de ses prises. Je me dis encore que tous nos débats, ceux qui m'occupèrent jadis autour du marxisme, ceux qui m'occupent aujourd'hui concernant la psychanalyse, sont de nature théologique et qu'il ne faudra pas qu'un long temps s'écoule pour que, leur sens nous échappant, nous les jugions dérisoires. Tant de pages noircies, tant de querelles et même de guerres, pour quoi ? je vous le demande ! Chaque époque est prisonnière de ses croyances et n'avoir pour seul dieu que le savoir en est une, plus aveuglante.

Enfin, me vient comme un regret. À quoi sommes-nous réduits ? À nous constituer un petit lot d'imaginaire qui serait notre bien propre, singulier, comme l'est notre corps différent de celui du voisin, même s'ils sont tous fabriqués sur le même modèle. Nous l'entretenons, cet imaginaire à nul autre pareil, croyons-nous, nous en tirons notre fierté secrète, il arrive que nous en fassions des livres. Nous nous forgeons une histoire que, là encore, nous voulons unique et nous nous employons parfois à la rattacher, cette petite histoire, à la grande : manière de nous acquitter de notre dette envers ce qui nous dépasse. Comme nous manquons de grands mythes, d'une immense Fable qui donnerait un sens, une forme, une profondeur à nos errements, à nos tourments, à nos joies et nous rendrait moins impuissants face à l'inlassable férocité de notre siècle !

Peut-être mon trouble attrait pour le limbe des enfants vient-il de là. Je trouverais dans ce lieu où tout sens fait défaut, où l'enfant délaissé, perdu parmi ses frêles semblables, aussi démunis que lui, garde néanmoins le pouvoir de rêver seul, oui peut-être y trouverais-je quelque chose comme un refuge précaire contre le trop d'ordre ou le trop de chaos.

Tout compte fait, après bien des hésitations, les théologiens à la mine sévère ont bien fini par lui assigner une place acceptable, à ce limbe improbable.

Je quitte la Bibliothèque après avoir pris quelques notes sur mon carnet. Je m'attarde dans la clairière du Palais-Royal entre le poids écrasant des livres et le vacarme automobile. Des enfants courent encore autour du bassin avant que les grilles ne se ferment, laissant le jardin seul avec la nuit

Je ne suis pas sûr de consulter mes notes quand tout à l'heure j'aurai retrouvé la table où j'écris.

« On inventa pour les enfants le palliatif des limbes, un petit enfer plus doux où ils flotteraient toujours, loin de leurs mères, en pleurant. »

Jules Michelet, *Le Peuple*

Serait-ce toujours un mort qui occupe nos mères ?

Elle ne le lui a jamais avoué mais il en est convaincu, il dit en avoir perçu des signes, des signes qui ne trompent pas. Il l'a vue alors qu'elle se croyait à l'abri des regards remettre brusquement une photographie dans son sac. Il a vu, aussi brusquement, son visage se fermer, se durcir quand il a prononcé le nom d'Hélène, une de ses camarades de classe. Il l'a vue se contraindre à sourire, à feindre, dit-il, de l'écouter quand il racontait fièrement qu'il avait franchi le premier la ligne d'arrivée d'une course à pied.

Il m'a dit cela presque en passant, sans s'y attarder, comme désarmé, impuissant devant l'obstacle.

Elle aurait perdu un enfant, une petite Hélène peut-être. Il ne serait jamais le premier. Elle, à la fois coupable et infiniment malheureuse, se vouait sans relâche à des tâches domestiques : travaux de couture, rangements, dépoussiérage, la poussière offrant l'avantage de revenir jour après jour. Elle se laissait ainsi absorber par ses occupations pour se distraire de ce qui l'occupait. Elle souffrait de migraines. Elle disait : « un étau qui m'enserre ».

Il était persuadé qu'elle lui avait donné le prénom d'Alain pour ne pas trop s'éloigner de celui d'Hélène.

Elle avait pris soin de lui pourtant. Veillant sur ses études, lui achetant de beaux vêtements, lui offrant toutes sortes de cadeaux pour ses anniversaires. Elle l'embrassait sur le front quand, après avoir appris ses leçons pour le lendemain, il allait sagement se coucher. C'était une bonne mère et c'était un bon fils. Il n'avait pas à se plaindre. Il n'accusait personne. Il n'avait manqué de rien. Il savait seulement qu'il n'avait pas été, qu'il ne serait jamais le douloureux amour de cette femme occupée. Par quoi ? par de l'inconnu de lui et peut-être d'elle-même.

« Nous ne savons jamais ce que voient les yeux que nous regardons. »

Michel Schneider
Baudelaire. Les Années profondes

Elle dit n'avoir aucun souvenir de son père, aucune image de lui. Elle ne l'a jamais vu, il est mort quand elle avait quelques mois.

Quarante ans plus tard, elle a vu son analyste mourir, *elle l'a vu se voyant mourir.*

Elle a vu la mort à l'œuvre de si près que… Je laisse ma phrase en suspens car j'ignore ce qu'avoir vu cet homme se voyant mourir a pu produire en cette femme. Si j'en juge par le trouble que ces simples mots ont suscité chez moi, j'imagine que l'effet produit sur elle par cette vision n'a pas cessé, que la chose est en elle à jamais : une douleur persistante qu'on ne saurait partager et qui ne connaîtra pas cette douceur d'une pluie d'automne qui peu à peu atténue nos chagrins. Peut-être maintenant cette femme, cette petite fille, verra-t-elle enfin son père *vivant.*

Chagrin : « Ce mot a pour usagers les enfants et les amoureux. Mine de rien le mot chagrin couvre un immense territoire : tout ce qui revient blessé de l'enfance et de l'amour. »

Florence Delay
La Fin des jours ordinaires

Douleur : « Que faites-vous en ce moment ? — Je souffre. »

Alphonse Daudet
La Doulou

Mortalis Moriturus... L'aurai-je assez bassiné avec ça, mon vieux camarade Romain. Mortels, nous savons bien que nous le sommes. Nous le savons depuis le jour de notre enfance où nous avons vu notre grand-père engoncé dans un costume de drap noir dont nous ne nous souvenions pas qu'il l'ait jamais porté de son vivant, étendu les mains croisées sur le ventre, les yeux clos, le teint livide, les joues creuses qui, pour la première fois, laissaient apparaître les os du visage et déjà un squelette sous la chair prête à se dissoudre. Ou bien c'était un lapin écrasé, viscères en bouillie, oreilles pointues qui n'avaient pas entendu à temps le bruit du moteur, sur la route de nos vacances, alors que nous croyions déjà voir, à cinquante kilomètres de notre destination, la barrière blanche de la villa, les pommiers du verger, l'océan et la montée en force des rouleaux qui nous faisaient crier de plaisir et d'effroi.

Cela a pu nous obséder un temps : où vont les morts ? d'où viennent les enfants ? Les deux questions dans notre esprit étaient jointes, elles ne recevraient jamais de réponse. Et qu'en sera-t-il de moi ? Je connaîtrai le sort du grand-père ou du lapin. Telle est la loi commune. Je serai un mort. Ce n'est pas pensable.

Voilà, Romain, ce n'est pas pensable. Il n'est pas vrai que, nous sachant mortels, nous nous croyions immortels, il n'est pas vrai non plus que le fait de la mort soit scandaleux. Qu'une fleur se fane, dépérisse, nous trouvons cela naturel. Ou qu'un arbre meure. Mais qu'on l'abatte en pleine vigueur, déjà moins : l'abattre, c'est le tuer. Et les humains ? est-il vrai qu'ils meurent de leur belle mort ou sont-ils assassinés ? Toujours. La terre n'est-elle qu'un immense charnier que tentent de recouvrir les dalles de nos cimetières ?

« Il s'est éteint doucement. » Il faut pour croire en ces mots-là n'avoir jamais été témoin de l'agonie d'un vieillard luttant à mort contre la mort.

Mais enfin, toi et moi, nous tous, nous nous accommodons de tout cela, nous en prenons notre parti qui n'a pas même besoin d'être le parti de la vie, comme si le simple fait de ne pas être mort nous suffisait. Tu te souviens, après l'enterrement de Daniel, de ce demi de bière que nous avons bu à la sortie du crématorium du Père-Lachaise. Nous étions là, à la terrasse d'un café, il faisait bon, tout à l'heure nous reprendrions nos occupations. Nous l'aimions, Daniel, il allait nous manquer et nous pensions qu'à lui aussi nous manquerions. Et puis, complicité de survivants, tu m'as fait sourire quand, levant ton verre, tu as dit : « D'une bière l'autre. » Ce n'était pas du cynisme, l'ami Daniel aurait ri lui aussi qui raffolait des jeux de mots faciles, des blagues idiotes et des histoires macabres.

Tu vois, ce ne sont pas les moyens qui nous font défaut pour étouffer le prétendu scandale de la mort des autres. Celui qu'en aucun cas nous ne pouvons étouffer, c'est celui de notre propre mort, le seul véridique. Non pas que nous trouvions notre vie plus valable qu'une autre, notre moi plus précieux — quoique… — mais parce que nous ne pouvons pas nous penser mort. Ça, c'est rigoureusement hors de notre portée. Nous pouvons ressentir et penser : je suis. Nous ne pouvons dire ni penser : je suis mort. Conclusion : la mort n'est un scandale que pour la pensée. Et seulement *ma* mort.

J'exagère, tu penses que j'oublie ce à quoi nous sommes réduits quand nous perdons celui ou celle que nous aimons par-dessus tout ? Non, je ne l'oublie pas. Leur disparition — tu vois, je préfère dire « disparition » — nous marque à jamais, entaille profondément notre chair, et nous restons des endeuillés permanents, ce sera notre manière de les faire vivre. À notre insu, nous ne cessons de parler avec nos morts et la nuit ce sont eux qui viennent nous parler, mais nous leur parlons parce que nous sommes, nous, vivants, que nous respirons, allons et venons, et demeurons capables d'aimer d'autres vivants.

Mortalis : un aiguillon parfois — *carpe diem* — ou bien un accès de mélancolie passagère — *vanitas vanitatum* — qui, tout compte fait, donne du prix aux choses les plus ordinaires. Ces mots latins éloignent l'effroi comme l'aura fait le syllogisme seriné en classe pour nous initier à la logique formelle — formelle, tu m'entends : « Tous les hommes sont mortels, or Socrate, etc. ». Comme il s'emploie, ce syllogisme-là, à tenir à l'écart l'énigme fatale qui nous a saisis quand nous avions quatre ou cinq ans face au lit du mort vu de trop près ou au cadavre entrevu du lapin écrabouillé en pleine course.

Ça viendra un jour, voilà tout, et, plus les

années passent, plus on retarde l'échéance. Comment nous y prenons-nous pour tenir notre mort à la fois pour certaine et improbable ? Avoue, Romain, que lorsque tu ouvres le soir ton *Monde*, c'est le carnet nécrologique que tu consultes en premier. Pourquoi ? Pour te féliciter, te réjouir de ne pas y figurer ?

Moriturus, être celui-là, celui qui va mourir, qui est en train de mourir, c'est autre chose. Alors, la mort n'est plus un accident malencontreux, un événement qui vous tombe dessus. Elle est en nous, elle a pris possession de nous, elle exécute son ouvrage, souvent en prenant son temps, elle le mènera inéluctablement à son terme, elle ne lâche pas prise, elle est sûre de gagner. Elle n'est plus l'arme d'un tueur anonyme, elle est ta compagne intime, on dirait qu'elle s'est prise d'amour pour toi.

Romain m'écoutait-il ? Je le voyais sourire tout en fumant paisiblement cigarillo après cigarillo. Il devait tenir mon discours pour naïf, un rien emphatique, peut-être même complètement vaseux. Sans doute pensait-il que c'était bien la peine d'avoir fait jadis des études de philosophie pour en arriver là ! Et moi qui tenais tant à mon affaire de *Mortalis Moriturus*.

Les pins courbés par le vent du large, au premier plan ; puis les lignes sombres des piquets qui délimitent les parcs à huîtres, l'eau frémissante du « Bassin », la forme allongée d'une pinasse verte quittant le ponton et, plus loin, les voiles blanches qui s'éloignent et se rapprochent quand la houle venue de l'océan se fait trop forte ; plus loin encore, à peine perceptible, l'étroite langue de sable que la marée montante recouvrira tout à l'heure.

Calme absolu. Silence parfait. Je me sens contemplant une peinture chinoise et je rêve que j'en serais le pinceau. Je peux passer ainsi des heures, dans un état de ravissement comme je n'en ai pas connu depuis longtemps, sur la terrasse de la maison qui nous a été louée pour l'été et où Romain doit nous rejoindre. L'année fut rude. On eût dit que de tous côtés on ne cherchait qu'à me faire des misères.

Sonnerie du téléphone. C'est Romain. Tumeur. Apparemment bénigne lui dit-on, me dit-il, « neuf chances sur dix qu'elle le soit » et je sens que c'est la dixième qu'il redoute et moi je me répète sans y croire : « Le pire n'est pas toujours sûr, toujours sûr… » Romain sera opéré la semaine prochaine.

La peinture chinoise a disparu.

Dieu sait pourtant qu'il a pu m'irriter, Romain : son ironie constante, son esprit de contradiction. Saura-t-il contredire le mal qui est en lui ?

Mort de Sophie. Mort de Daniel. Mort de Mario. Mort de Romain. En l'espace d'un an.

Je ne veux pas que ce livre soit un livre des morts.

Mario, j'ai compris qu'il allait mourir, quand je l'ai croisé dans le couloir de la maison d'édition au moment où le chien d'Isabelle lui faisait la fête. Il a pris l'épagneul dans ses bras et j'ai vu pleurer cet homme qui n'aimait que rire.

Sophie, j'ai compris que c'était sa fin le soir où, entrant dans sa chambre d'hôpital et m'approchant d'elle pour tenir sa main dans la mienne, j'ai entendu comme un faible cri : « Où tu vas ? » Je compris aussitôt que la question s'adressait à elle : « Où vais-je aller ? où vais-je partir ? » Au cours des semaines précédentes, alors que je la voyais dépérir, elle m'accueillait toujours — c'était chez elle une sorte d'automatisme — par un « Comment ça va ? » qui me gênait affreusement. Comme on peut avoir honte parfois d'être bien-portant, d'avoir faim, de respirer sans même s'en apercevoir, et de devoir refouler l'impatience de se retrouver parmi les passants qui vont et viennent !

Daniel a su avant nous tous qu'il ne s'en sortirait pas. C'était un excellent médecin. Il m'avait confié un jour que ce qui l'avait taraudé tout au long de sa pratique médicale, c'était de commettre une erreur de diagnostic.

J'ouvre mon carnet. Le nom de Romain y est inscrit à des intervalles de plus en plus rapprochés. Je m'aperçois qu'il y est toujours souligné comme si je m'étais refusé à ce qu'il s'insère dans la succession de mes rendez-vous. Il est suivi de « chez lui », « à l'hôpital » avec mention du numéro de chambre, qui change chaque mois selon les services où on le traite.

J'en ai voulu à Romain. Nous avions beau

avoir convenu ensemble de l'heure de mes visites, je ne le voyais jamais seul à seul. Les propos échangés étaient ceux qu'on tient au cours d'un dîner que l'on prolonge d'autant plus qu'il n'en finit pas. Ce devait être son élégance à lui : s'en aller comme si de rien n'était, sans faire d'histoire.

Un jour où, exceptionnellement, il n'avait pas d'autres visiteurs, il m'a dit calmement : « Je vais mourir cet été » comme il m'aurait dit, avec le même sourire : « L'été prochain, j'irai passer quelques jours à Sienne et je retournerai voir la petite barque de Lorenzetti, tu te souviens, la barque tout en courbe, on dirait les lèvres entrouvertes d'une femme. »

Souvent, je l'avais entendu fulminer contre ce qui est en passe de devenir une nouvelle profession : l'accompagnement des mourants. « Pourquoi pas thanatothérapeute ? Quelle foutaise ! » Ou : « Ils sont fous, ces médecins, ils veulent nous faire croire que, si seulement nous consentions à ne pas courir de risques menaçant notre santé, ils sauraient guérir la mort. » Et il tirait sur son cigarillo.

Oui, l'ironie, la désinvolture, l'élégance de Romain. Je l'imagine dans ses derniers souffles, me souffler à l'oreille ce vers de *Phèdre* que, je ne sais pourquoi, j'ai retenu depuis mon adolescence : « Est-ce un si grand malheur que de cesser de vivre ? »

Elle a murmuré : « C'est bon » en buvant quelques gouttes de champagne comme un nourrisson avide ingurgitant son biberon du soir. Puis ce furent des gouttes de sueur qui perlèrent sur son front.

Qu'ai-je connu d'elle ? Qu'a-t-elle connu de moi ? Presque rien. Ma très vieille mère, devenue si éloignée du monde, aurait-elle obtenu de mes amis qu'ils « cessent de vivre » afin qu'elle et moi ayons enfin quelque chose en partage : la solitude, la solitude qui ne se partage pas ?

Je ne veux pas que ce livre soit un autel des morts.

Cela fait des années que j'ai entendu ces paroles venues du divan et ma surprise reste intacte : « J'ai été désiré par ma mère, je suis l'enfant qu'elle désirait. » L'homme qui les prononce était très grand, très fort, ce qui, curieusement, faisait croître mon étonnement. Voilà que, remontant au-delà même de sa naissance, il savait, sans l'ombre d'un doute, à moins qu'il ne voulût le croire, qu'il était *lui* le désiré, peut-être même qu'il était à l'origine du désir que son père et sa mère avaient éprouvé l'un pour l'autre, une certaine nuit d'été — et pourquoi pas ? cette seule nuit. Il savait où et quand.

Il ne disait pas : « Mes parents voulaient un enfant et il s'est trouvé que je sois celui-là. » Non, il était *celui* qu'un homme et une femme, qui n'étaient pas encore ses parents mais n'allaient plus être que cela, avaient désiré, voulu, attendu. Il était cet enfant-là, aujourd'hui comme hier. Avant d'être conçu il existait déjà, tel qu'en lui-même, une fois pour toutes.

Quelle chance a cet homme ! me disais-je. Par quelle extraordinaire illusion est-il porté ? Que n'ai-je la même ? Je suis vraiment loin du compte, moi qui ai toujours pensé que mes parents avaient bien autre chose en tête au cours de leurs ébats que de me voir apparaître ! Et je comprenais que cet enfant soit devenu si fort, si vigoureux et capable de me faire envier sa conviction.

Pourtant quelque chose clochait, il échouait dans tout ce qu'il entreprenait, non sans réticence dès le départ. Il avait vite interrompu ses études d'architecture puis de droit. À peine avait-il ouvert un livre qu'il le refermait par ennui. À peine une femme s'attachait-elle à lui que la lassitude le gagnait : ce n'était jamais ça. Il n'appréciait que le sport. Seul son corps d'athlète méritait d'être cultivé, seul il pouvait l'assurer qu'il serait à jamais l'enfant désiré, l'enfant merveilleux. Le moindre événement risquait de faire voler en éclats cette image qu'il incarnait. Il ne fallait pas qu'il lui arrive quelque chose. Il fallait que rien ne bouge, que rien de neuf ne voie le jour.

Cet homme immobile au désir éteint serait-il un mort comblé ?

Cet autre est troublé par un petit événement de la veille. Il a donné une conférence, la salle était pleine, il a été écouté attentivement, applaudi longuement et, ajoute-t-il avec un peu de gêne : « Plus applaudi, enfin je crois, que les autres orateurs. » Puis il précise : « Mais le plaisir que j'ai ressenti n'était pas seulement de vanité. »

« Je devrais être content, l'être resté au moins quelque temps. Eh bien, pas du tout. Dix minutes après, la retombée. J'ai quitté la salle abattu, atterré, me sentant plus seul que jamais. Je ne comprends pas. »

Après quoi, coupant court, il évoque un rêve, vaguement : cela se passait à la campagne près de la ferme familiale de son enfance. Alors viennent des souvenirs de ce temps-là : les bêtes, la moisson, le contraste marqué entre les saisons, la boue, le soleil, son frère qui allait au collège de la ville où leur mère le conduisait en voiture chaque matin tandis que lui se rendait à pied à l'école du village.

Et puis lui revient en mémoire une scène plus vivace : la première fois où un fermier voisin lui avait permis pour quelques minutes de conduire son tracteur, il était tout heureux ; la confiance que cet homme plutôt rude, peu loquace, « un taiseux » me dit-il, avait accordée au gamin qu'il était, sa fierté quand il l'avait félicité : « Tu t'en es drôlement bien sorti, mon petit gars. »

Je crois avoir entendu à deux ou trois reprises : « Mon père n'était pas là » prononcé comme pour bien me faire entendre que son père n'assistait pas à la scène, à son exploit de conducteur. Plusieurs fois aussi, ce jour-là et d'autres, il ponctua son propos d'un « Vous vous souvenez ? » mais était-ce à moi ou à lui-même qu'il adressait la question ? Ou à l'absent ?

Dès notre première rencontre, cet homme m'avait confié qu'il n'avait pas connu son père, mort accidentellement quelques jours avant sa naissance : « Je suis un enfant posthume. » C'était dit en souriant.

L'accident : j'avais cru comprendre, ou l'avais-je imaginé ?, que ce père inconnu avait été écrasé par son tracteur tandis que, penché sur le moteur, il s'efforçait de le remettre en marche.

« Mon père n'était pas là. » Un père, définitivement taiseux sous la glaise, n'était pas là pour saluer son bref exploit. À défaut, il y avait eu ce voisin — que j'étais aussi à ma manière.

Tout au long de cette séance, j'avais en tête « Lorsque l'enfant paraît le cercle de famille applaudit à grands cris ». Mais les applaudissements ne sont pas éternels, ils cessent brusquement, à un moment ou à un autre, même si l'enfant indéfiniment continue de paraître.

Souvent cet homme, discrètement — ce n'était pas quelqu'un toujours prêt à se plaindre, à revendiquer, à intenter des procès contre tel ou tel —, avait fait état du peu de tendresse de sa mère. « Je crois bien qu'elle avait une préférence pour mon frère aîné. Je crois bien, je ne l'affirmerais pas. Elle était fière de lui, de ses succès scolaires. Elle désirait tant avoir un fils. » Je dis : « Lorsque l'enfant paraît… », il complète : « Oui, ils l'ont applaudi. » Et, après un temps : « Lui. »

Il ne demande pas à être sans cesse applaudi. Non, il lui suffit d'un mot gentil pour que sa journée en soit comme illuminée et de l'absence d'un sourire pour qu'il se sente atterré, inexistant.

Bernard — j'ai envie maintenant de l'appeler par son nom — a travaillé sans relâche. Il a réussi sa vie professionnelle, son mariage. Mais c'est quand il parle de ses enfants que sa voix s'anime. « Je leur dois… » Il hésite : « Je leur dois… la vie. Sans eux, sans eux… je serais… » Il laisse sa phrase inachevée. Oui, que serait-il devenu ? Par quel poids aurait-il été *écrasé* ? Par quelle machine inhumaine ?

« Ceux qui vivront dans cent ans, dans deux cents ans après nous, pour qui nous frayons maintenant le chemin, est-ce qu'ils s'en souviendront, est-ce qu'ils auront seulement *un mot gentil* pour nous ? »

Anton Tchekhov, *L'Oncle Vania*

Que me raconte-t-elle ? Un rêve ou ce qu'elle vient de voir dans la rue ? Un événement du jour ou un événement de la nuit ? Quelle importance, du moment où elle le tient pour un événement et où elle cherche à me faire partager sa vision ?

Cette jeune femme a un don particulier pour rendre romanesque le moindre incident quotidien. Il se peut qu'elle ait effectivement vu, dans une avenue déserte bordée d'arbres aux feuilles vert tendre, un homme marcher vers elle. Il était vêtu comme en plein été alors que l'hiver n'avait pas pris fin, comme s'il ignorait le froid et la saison. En cet homme souriant elle avait reconnu un ami de jeunesse de son père, perdu de vue depuis longtemps. Il lui avait proposé de monter dans sa voiture et elle avait accepté, elle se demande pourquoi, mais « tenez-vous bien », me dit-elle, c'était pour l'emmener au Grand Palais où étaient exposées des peintures de Poussin.

Venant d'elle, le récit d'une telle « aventure » n'avait pas de quoi me surprendre.

Qu'est-ce qui m'a fait penser que c'était un rêve qu'elle me rapportait ? Ni le contenu du récit, ni un de ses éléments, mais la forme verbale utilisée : l'homme *marchait*, lui *avait* proposé, elle *avait* accepté. Pas de passé composé : l'imparfait… et même le plus-que-parfait.

L'imparfait serait-il le temps du rêve ? proche de celui des contes et pourtant différent. Il était une fois, oui, mais aussi bien mille fois ou nulle fois. Ça a eu lieu, ça pourrait avoir eu lieu, ça pourrait avoir lieu. Ça a lieu ailleurs, jadis, ça a lieu maintenant, ici. Cela est.

Le jeune père, les vacances passées seule avec lui à l'hôtel du Palais, le vert tendre (et le tendre vers…), le hors-saison, le petit poussin exposé, et tout le monde admire : pain bénit pour un analyste supposé « bien se tenir » !

L'imparfait du rêve, le rêve imparfait. Il n'est pas vrai que le rêve satisfasse pleinement le désir. Sans doute y vise-t-il mais il y échoue, de là son charme : ne pas combler, pour mieux maintenir vivante l'attente, pour entretenir l'impossible, frôler l'interdit. Tenter — ne serait-ce que par la grâce de quelques images fugitives, vite évanouies, venues vous visiter la nuit tandis que vos yeux clos sont ouverts sur un temps autre — de rendre présent, sans trop d'effroi, le fol amour.

Les rêves : notre permis de séjour dans les limbes.

Si ! Il existe des rêves parfaits, ceux de mon héros de roman favori. Ce sont des rêves que, dans la solitude extrême de la prison où il se trouve jeté pour avoir commis un crime, il partage avec la femme aimée dont il est à jamais séparé. Les voici ainsi unis chaque nuit dans le même rêve qui leur fait remonter tout le cours du temps. Ce prisonnier du *même* appelle ça *rêver vrai.*

Il était une fois ou mille fois ou nulle fois Peter Ibbetson.

« Le cœur se serre à la séparation des songes tant il y a peu de réalité dans l'homme. »

Chateaubriand, *Vie de Rancé*

À quoi aspirent-ils, les plus fervents des chrétiens ? à ce qu'ils nomment la vision béatifique dont seuls les élus jouissent pour l'éternité. Ils disent « vision » mais c'est une vision qui comble plus que ne le pourra jamais celle de nos rêves, elle englobe tout : par elle je touche, je goûte, je bois, je fonds, je me dissous dans l'autre, mon existence propre s'évanouit. Vision béatifique : jouissance sans fin, agonie du désir dans son assouvissement.

Que diront les théologiens venant après Augustin et moins sévères que lui ? que les enfants des limbes n'endurent qu'une peine privative : ils sont privés, et ils le sont à jamais, de la vision de Dieu. Ils ne voient pas Dieu et Dieu les a perdus de vue.

À Rome, voici quelques mois, je suis resté en arrêt devant deux sculptures du Bernin : celle, tant de fois décrite et commentée, de Thérèse d'Avila dans la chapelle Cornaro, l'autre, moins célèbre, de la Bienheureuse Ludovica Albertoni qui se trouve dans le Trastevere.

Même extase, même mort délicieuse, mêmes lèvres entrouvertes et mêmes yeux clos sur le visible pour s'ouvrir, dans l'éblouissement, sur l'inconnu, même intense brûlure qu'accentue le marbre froid de la sculpture (comme j'ai pu être séduit, jeune homme, par celles dont j'imaginais le feu sous la glace !), même surabondance de plis et de replis de la robe comme autant de vagues successives et entremêlées, venant de toujours plus loin.

La « Bienheureuse » est représentée seule. Pas de décorum somptueux, pas d'ange au sourire provocant, un rien pervers, pour la transpercer de sa flèche qu'il darde. Seule dans son transport. Qu'ai-je à faire là, voyeur indiscret et fasciné ?

La jouissance infinie de Thérèse, elle, est mise en scène. Elle a attiré des spectateurs : quatre hommes barbus, excessivement sérieux, ont pris place de chaque côté, et à bonne distance, de la niche où est exposée Thérèse, comme dans ces avant-scènes de théâtre réservées aux officiels. Mais ces spectateurs invités à regarder ne veulent pas voir. Sans doute discutent-ils entre eux de théologie. Est-ce la stupéfaction, l'envie qu'exprime leur apparente indifférence ? Ou une certitude ? Celle que cette exquise horreur, cet incroyable ravissement, cette vision béatifique avant l'heure, ils ne l'ont pas connue, ils ne la connaîtront jamais.

Mieux vaut alors feindre l'inattention — l'un d'eux tout de même jette un œil intéressé, un autre se plonge dans sa lecture… Mieux vaut disserter, se tenir à l'écart, détourner le regard, rester séparés de ce qui transporte l'âme ardente et le corps pâmé de cette femme éperdue, séparés de *ça* qui frappe soudain d'inconsistance leurs savantes études. Si étendu que soit leur savoir, si dignes d'intérêt leurs livres, si imposante leur autorité, ils ne trouvent plus là de réalité. Vanité des vanités !

Sont-ils même capables de rêver *ça* ? Extase exhibée de Thérèse, extase muette de la « Bienheureuse », transport hors de soi, amour ou mort, amour et mort, mourir d'amour.

S'il arrive encore à ces doctes réfugiés dans leurs avant-scènes d'être visités par Éros, ce sera par un Éros à jamais mélancolique.

« Qu'elle est longue cette vie
Qu'ils sont pesants cet exil,
Cette geôle, ces fers

Où mon âme est verrouillée !
Rien qu'attendre d'en sortir
Me cause d'affreux tourments.
Je meurs de ne pas mourir. »

Thérèse d'Avila

Quand Jacques Le Goff était venu signer chez Gallimard *La Naissance du Purgatoire*, j'étais allé le saluer. Je me souviens de lui avoir demandé si dans son livre il était question des limbes. « Quelques pages à peine. » Plus tard, préparant un numéro de la *Nouvelle revue de psychanalyse* consacré à l'attente, je fis appel à lui.

Inexplicable oubli : il y a quelques jours, alors que je confiais à une amie mon projet encore vague d'écrire un livre où je chercherais à comprendre ce que ce lieu de l'au-delà avait bien pu représenter, Sylvie, surprise, me dit : « Mais vous avez publié un article de Le Goff dans votre revue. Tout y est ! Vous ne vous en souvenez pas ? » Non, je ne m'en souvenais pas. Y aurait-il pour celui qui veut s'approcher des limbes comme une force d'attraction de l'oubli ?

Je l'avais bien lu pourtant cet article, avec la plus vive curiosité, et relu au moment de la correction des épreuves, son titre « Les limbes » disait sans détour son objet. Et voici que lorsque Sylvie me le rappelle, je lui demande : « Vous êtes sûre ? »

Oui, inexplicable oubli. Craignais-je qu'un historien à la science sans défaut ne me dépossède de mon projet, ne rende caduc le visa que j'espérais pour aller y voir moi-même ? Si le savoir allait réduire à néant les ressources de ce qui était à mes yeux une métaphore ? Car les limbes, c'était cela pour moi : d'abord un mot mystérieux, une image sans figuration précise et, à peine avais-je écrit quelques lignes qui, peut-être, j'en étais de moins en moins assuré, finiraient par prendre la forme d'un livre, c'était devenu une métaphore, une métaphore que je souhaitais explorer en m'avançant comme dans un labyrinthe où l'on pénètre par curiosité avant de s'y perdre, à défaut de tenir en main le fil d'Ariane.

Effectivement, tout y est dans cet article qui me fait encore plus mesurer la vanité de mon enquête vite interrompue. Double plaisir : celui d'apprendre ce que j'ignorais et celui, plus surprenant, d'apprendre ce que je savais, mais qui, fragile reliquat d'une instruction religieuse d'ailleurs peu suivie, était resté pour moi lettre morte. Au chapitre de l'ignorance, presque tout. Deux limbes prévus, mais la répartition des lieux d'attente fut longue à se préciser : celui des patriarches, ces prophètes de la Bible annonçant la venue du Messie, ils n'y restent pas longtemps, le Christ vient les y chercher lors de sa brève descente aux Enfers, ils sont membres de droit du Paradis ; aux patriarches se joindront les Justes — à commencer par Adam, à qui le genre humain doit pourtant tous ses malheurs, et sans oublier le bon larron —, ils sont récupérables. Et puis, bien à part, le limbe, j'allais écrire la chambre, des enfants morts sans baptême.

Saint Augustin — l'Augustin du libraire — est sans pitié. Hors du sacrement du baptême qui seul lave du péché originel, du crime héréditaire, point de salut. Pas de *vita media* entre la rectitude et le péché. Le juge ne saurait prononcer de sentence entre la récompense et le supplice. Pour ces enfants à qui il n'a pas été laissé le temps de commettre des péchés personnels, mais qui ont eu le tort, ou commis le crime, de mourir avant d'être baptisés, un seul lieu de destination : l'Enfer et ses tourments pour l'éternité. Plus tard, comme pris d'un léger repentir, Augustin suggérera que ces bannis qui ne sont pas condamnables, ces réprouvés malgré eux bénéficient de « la peine la plus douce possible ». L'épreuve du feu pourra leur être épargnée.

Tout l'agencement de notre système pénitentiaire serait-il issu d'Augustin qui, avant d'être un saint, eut la chance de connaître une folle jeunesse ?

Le Purgatoire est une prison temporaire, une salle d'attente provisoire. On y garde l'espoir d'être admis un jour ou l'autre dans le royaume des Cieux. Le rachat, la réhabilitation sont possibles. Mais pour les enfants, dans le limbe que les théologiens finiront par leur accorder, y a-t-il place pour un quelconque espoir ? Je les imagine dans une attente sans espoir.

Est-ce que ça existe, une attente sans espoir ? Je suis sur le quai d'une gare, des centaines de voyageurs se pressent à toute allure vers la sortie, mon regard avide passe avec une égale vitesse de l'un à l'autre, je ne peux pas la manquer, elle ne peut pas ne pas me voir, juché comme je le suis sur un muret, la femme imprévisible dont je suis épris. Je remonte le long du train, maintenant arrêté depuis dix minutes, il n'y a plus personne dans les wagons, un employé en bloque les portes, je me poste à l'entrée du quai. Je sais qu'elle ne viendra pas. Je me doute, elle me l'a laissé entendre, qu'elle ne reviendra plus. Plus jamais.

J'attends. Les mains, la tête vides. Immobile. Seul mon cœur bat à tout rompre. J'attends.

Le Goff écrit : « Le limbe des enfants est et sera un lieu d'attente éternelle. » Il ajoute : « À supposer que le concept soit justifiable. » Non, il n'est pas justifiable. Mais nos vies qui ne sont qu'attente d'on ne sait quoi, qui n'a ni visage ni nom, ne le sont pas davantage. J'aime que le goût de vivre qui est le mien ne soit pas justifiable.

« Or je veux que tu saches, avant d'aller plus loin,

qu'ils furent sans péchés ; et s'ils ont des mérites, cela n'est pas assez car ils furent sans baptême [...]

Pour un tel manque, et non pour d'autres crimes,

nous sommes perdus, et *notre unique peine est que sans espoir nous vivons en désir.* »

Dante, *L'Enfer*, chant IV, 33-42
(trad. Jacqueline Risset)

Ils habitaient, sa mère et lui, rue Legendre dans le dix-septième arrondissement. Un appartement pas bien gai, il fallait attendre la fin du jour pour qu'un rayon de soleil y pénètre. Il était élève de sixième au lycée Carnot tout proche, jouait aux billes au parc Monceau avec des camarades de sa classe, une seule fille se joignait à eux, qui les dépassait d'une tête. Sa mère faisait ses courses rue de Lévis de bonne heure le matin, ouvrant avec précaution son porte-monnaie, avant de rejoindre le guichet de l'agence bancaire où les clients lui déposaient des chèques d'un montant parfois considérable. Il aimait bien l'accompagner au marché, tous les commerçants du quartier qu'ils ne quittaient guère les connaissaient : « Alors, mon petit, tu réussis bien à l'école ? » Il réussissait très bien.

Tandis qu'il évoque cette enfance timide,

soumise, cette existence confinée, me revient une phrase de ma propre mère : « Aujourd'hui, nous allons de l'autre côté de l'eau. » Cela voulait dire : franchir la Seine, nous aventurer sur la Rive gauche !

De l'autre côté de l'eau. Passer sur l'autre rive. Il nous arrivait d'aller plus loin quand même, et même de nous embarquer sur un bateau — franchir le Channel, visiter la Corse — mais c'est cet autre côté de l'eau, ce sont ces mots-là qui sont inscrits dans ma mémoire. Il existait donc un autre côté, une autre rive à la fois si proches et, aux yeux de ma mère, qui étaient alors les miens, si lointains qu'on ne pouvait y aborder que pour un temps limité et avec l'assurance de revenir le soir à la maison. La Seine n'était pas l'Achéron, le fleuve qu'on ne repasse pas.

Je crois bien avoir suivi tout au long de ma vie ce programme : aborder l'autre rive, aller voir l'autre côté, y séjourner, certes pour un temps moins mesuré qu'autrefois, mais sans oublier qu'un lieu plus familier m'attend au retour. Cette alternance où il entre assurément quelque prudence — ne pas perdre pied définitivement, ne pas devenir fou — est mon lot, que je l'aie choisi ou non.

L'enfant soumis de la rue Legendre, lui, a navigué sur toutes les mers, vécu dix ans en Extrême-Orient, a connu d'innombrables femmes, m'affirme-t-il, et s'est toujours refusé à rester fixé où que ce soit tant il redoutait l'inamovible.

Tous mes congénères se plaignent de leur mémoire qui flanche : ils oublient les noms propres, les numéros de téléphone, emploient un mot pour un autre, quand ils vont chercher un verre dans la cuisine, ils ne savent plus ce qu'ils sont venus y faire. « Tout à l'heure, imagine-toi, une femme m'a abordé dans la rue, a engagé la conversation, m'a demandé des nouvelles de mon fils. Impossible de l'identifier. Il m'a fallu près d'un quart d'heure pour que je la reconnaisse. Et pourtant je ne connais qu'elle. »

Si là était la raison d'être du fléchissement de la mémoire ? « Je ne connais qu'elle. Je ne connais que lui. » Tous les individus n'en font plus qu'un. Que ce soit celle-ci ou celui-là, je ne vois plus grande différence, les figures en viennent à se confondre, tout comme les temps à se mêler. Était-ce hier ? il y a un an ? En ce temps-ci, en ce temps-là ? Une seule certitude : ce sont des vies antérieures, sans autre précision.

Pourvu seulement que cette indifférenciation ne soit pas le signe de l'indifférence, de l'indifférence à tout ce qui n'est pas soi — *mon* sommeil, *mon* passé, *mes* misères — qui va si souvent de pair avec la sénescence !

Les noms qui se dérobent, le livre qu'on ne retrouve plus et il est là, sur la table, je connais moi aussi. Mais, atteint du même mal, je n'en souffre pas. Je trouve tout au contraire un certain plaisir à ces oublis involontaires, j'y vois moins un déficit que le signe d'une nouvelle forme qu'aurait prise ma mémoire. Elle est une détestable enregistreuse. L'attention à l'instant présent, elle, est sans défaut ; ma vigilance est telle que je suis persuadé qu'elle m'offre une garantie illimitée contre l'oubli. Et puis, voici que cela s'efface comme par magie aussi promptement que cela s'était inscrit. Passé le moment d'irritation, je me réjouis — ou je me console — en constatant que ma mémoire n'est pas un dossier bien classé et que ses défaillances laissent le champ libre à une autre mémoire et celle-là opère des rapprochements inattendus. Des événements survenus à des époques de ma vie très distantes l'une de l'autre se rejoignent pour n'en faire qu'un : autant de métamorphoses qui préserveraient pourtant quelque chose d'une identité traversant le temps ; des visages multiples se recomposent en un seul qui emprunte des traits à chacun d'eux ; des histoires s'entremêlent, des émotions apparemment opposées — angoisse et jubilation — gagnent en s'unissant une particulière intensité, comme celle que nous fait éprouver la lecture de ces romans dont nous ne parvenons pas à nous détacher. Une mémoire qui s'apparente à la fiction — et la fiction n'est jamais tout à fait la même —, qui est proche du rêve, une mémoire qui, ne fixant rien, aurait la mobilité des nuages et qui, ennemie du flou, aurait la précision d'une planche d'architecture. Une mémoire où se conjuguent le figuratif et l'abstrait !

Qu'on puisse la qualifier de « limbique » ne diminue pas mon plaisir. Je la sens vivante, je la sens animant mes jours autant que mes nuits. Je la sais à la fois absolument mienne et ne m'appartenant pas.

Je suis en train de lire un roman de Martin Walser, *Dorn.* J'interromps ma lecture, je me sens comme prisonnier, j'étouffe sous un poids écrasant, je cherche un peu d'air, puis je la reprends, fasciné. C'est l'histoire d'une mémoire hallucinée. C'est le roman d'une mémoire édifiée sur un champ de ruines.

Quand nous trouvons que la nôtre défaille ou ne retient que le nécessaire, nous jugeons celle qui retient tout excessive, les médecins la nomment hypermnésie. Si cette mémoire-là qui ne veut rien perdre, ou plutôt ne rien laisser passer, et qui, ne tenant rien pour anodin, enregistre tout — noms des personnes, des villes, des rues, topographie des lieux fréquentés, ne serait-ce que quelques heures, repas consommés, vêtements achetés, dates au jour près… inépuisable inventaire —, si cette mémoire-là, proche, elle, de la folie et à mille lieues du rêve, n'avait pour fonction que de conjurer une catastrophe qui a eu lieu sans jamais pouvoir être tenue pour un fait accompli, sans jamais parvenir à être derrière soi ?

Je pense à Georges Perec, à sa quête inlassable non de souvenirs mais de restes de mémoire. Je pense au film de son ami Robert Bober, *En remontant la rue Vilain*, qui exclut toute possibilité de remonter à la source.

La vie m'a infligé comme à tout un chacun des blessures. Mais l'implacable contrainte de me construire une mémoire comme un rempart qu'il me faudrait toujours renforcer contre les bourreaux et les assassins, plus implacables encore, m'a été épargnée.

« Les bêtes nocturnes rentrent dans leurs trous. Le museau pointé au-dehors, prêtes à bondir sur leur proie qui est là, invisible et toujours là. »

Louis-René des Forêts, *Ostinato*

Une jeune femme vient me voir aux éditions pour me parler d'un projet de livre qu'elle aimerait écrire sur la ville d'Alexandrie. Au fil de la conversation, quelques noms sont prononcés : Pharos, Agami, Pastroudis, Camp César, Stanley Bey, la Corniche, le Sporting... Alors que la jeune femme me tient des propos fort savants, me cite historiens, romanciers, poètes, je ne suis sensible qu'à ces noms-là. Ce sont des noms de lieux. À travers eux, c'est l'année que j'ai passée à Alexandrie — il y a de cela près de cinquante ans — qui m'est comme restituée. Non qu'elle fût oubliée : je me souvenais d'événements, de rencontres mais elle avait cessé d'être *visible*, elle était loin, là-bas, dans les limbes. Et voici que par la grâce des noms de lieux et sans doute aussi celle de la jeune femme, je les voyais, ces mois passés, et je m'y voyais dans cette ville, croyant même mieux la connaître par cette discrète évocation que je ne l'avais effectivement connue à l'époque.

Pharos à l'entrée du port où j'allais accoster ; Pastroudis où dès le premier soir je dégustais de fameux zakouski ; Camp César, une des stations du tramway que j'empruntais pour me rendre au lycée où je distribuais mes miettes philosophiques à une vingtaine de jeunes filles toutes disposées à les déguster et à trois ou quatre garçons plus regardants sur la qualité de la marchandise ; le Sporting où je subis la défaite la plus humiliante de ma pourtant peu glorieuse carrière de tennisman ; la Corniche du bord de mer, une mer sale, une route poisseuse où j'eus la malencontreuse idée de louer un appartement ; et Agami, la plage longeant sur des kilomètres une mer d'un bleu intense — une mer plus vivante, plus mouvante que nous ne le serons jamais — où j'allais marcher, enlaçant la douce, la gracile Angèle à l'abri de tout regard. Je mets à nouveau mes pas dans ces lieux auxquels leurs noms confèrent soudain une magie qu'ils étaient bien loin d'avoir quand je les fréquentais. Et voici que, les entendant nommer, je m'y promène comme si une première fois pouvait indéfiniment se renouveler, mais seulement par la mémoire déposée dans leurs noms.

Je me suis obstinément refusé à retourner à Alexandrie, à Port-Saïd, dans le vieux Caire ou même à remonter le Nil jusqu'aux cataractes d'Assouan. Cela pas seulement pour éviter de mesurer l'inévitable dégradation, l'outrage qu'inflige la « modernisation » à tout va. Dans mon refus d'y aller voir, je ne crois pas que ce soit la nostalgie qui prime, mais quelque chose de plus obscur : la peur, peut-être, de mettre à mort un temps de ma vie et de mes amours.

Avec ces noms de lieux prononcés devant moi ce matin-là par la jeune femme à la chevelure brune, ce sont d'autres femmes de là-bas qui entrent ici dans mon bureau, avec les vifs plaisirs et les non moins vives déceptions qu'elles m'ont fait éprouver.

Soudain, je comprends pourquoi cette année alexandrine sans rime ni raison, et qui, après tout, pourrait n'en être qu'une parmi tant d'autres, occupe une place à part, ne s'insère pas dans la continuité des jours. C'est qu'elle eut un commencement — la traversée de la Méditerranée sur un paquebot qui n'allait pas tarder à être mis hors service — et une fin — la même traversée dans l'autre sens dix mois plus tard. Un aller et retour. Et, dans l'intervalle, une longue plage de sable blanc comme celle d'Agami, des sentiments aussi divers et ramifiés que le delta du Nil, de brèves stations comme celles du tramway, des heures désœuvrées, monotones comme la route du désert, et point de Pharos pour m'indiquer la direction à suivre si je voulais un jour, enfin, rejoindre après de multiples traversées incertaines quelque port d'attache.

Ce n'était pas un silence de refus qu'il m'opposait, ni de rêverie vague qui l'eût porté ailleurs. Non, il était *dans* son silence, c'est là, pensais-je, qu'il se sentait vivre en ce moment et je ne cherchais pas à l'en déloger. Quelques instants avant que la séance ne touche à sa fin, il me raconta un rêve. « Un beau rêve que j'ai fait la nuit dernière », et j'eus l'impression étrange que c'était le dernier qu'il allait m'offrir. Une lettre d'adieu.

Sur le pas de la porte, il m'annonce à voix basse qu'il ne viendra pas à ses prochaines séances : « Je dois subir une opération. » Il ne me laisse pas le temps de m'enquérir, seulement celui de m'inquiéter. Après avoir déposé son inquiétude en moi, il disparaît dans l'escalier.

Quand il revint un mois plus tard, il me parla de son séjour à l'hôpital mais pas de ce à quoi je pouvais m'attendre, pour l'avoir moi-même connu quelques années auparavant. Rien sur les douleurs postopératoires, rien sur le chirurgien qui se félicite du succès de son intervention alors qu'on se sent réduit à un corps misérable et honteux de n'être plus que cela, rien sur l'infirmière de nuit qu'on a appelée dix fois désespérément et qui ouvre brutalement votre porte, l'air maussade, après qu'on l'a entendue rire aux éclats dans le couloir avec ses collègues, rien sur les nuits passées dans une torpeur plus proche de l'anéantissement que du sommeil, rien sur le lit et ses barres de métal, sur les murs blancs qui vous tiennent enfermé, sur le poste de télévision suspendu et qu'on ne mettra pas en marche tant les images qui apparaîtraient sur l'écran risqueraient par leur inconsistance de renforcer, loin de vous en distraire, celles, peu joyeuses, qui vous passent par la tête. Rien sur les gémissements qui vous parviennent de la chambre voisine, rien sur la visite éclair de l'interne accompagné d'une petite troupe de stagiaires qui apprennent votre nom et votre état par le carton apposé au bout de votre lit.

Non, ce qui l'avait troublé, ce qui l'intriguait au plus haut point, c'était tout autre chose.

Il avait reçu de nombreuses visites, sa femme était venue chaque jour, des amis avaient passé auprès de lui un long moment, des collègues de bureau lui avaient téléphoné. Cela, il le savait, il ne s'en souvenait pas. Pas la moindre trace de quoi que ce soit : des propos échangés, des événements rapportés. Un de ses amis devant qui il s'étonnait qu'il ne lui ait pas fait signe lui rappela, manifestement surpris — mais justement cela ne lui rappela rien —, qu'il était venu le voir deux fois à l'hôpital, qu'il l'avait trouvé en très bonne forme et qu'ils avaient longuement conversé.

« Le plus curieux, me dit-il, c'est qu'ils m'assurent tous que j'étais bien présent, que je parlais avec animation de choses et d'autres et même, selon Pierre, que je me suis montré particulièrement drôle et brillant. Un comble ! Et maintenant c'est le vide, le vide total. C'est comme si — comment vous dire ? — tout ce temps m'avait été *volé*. Comme si j'avais été amputé de ce temps-là. Après tout, ce n'est pas grand-chose, deux semaines, mais enfin ce n'était pas des semaines comme les autres qui se suivent et se ressemblent toutes. Si encore j'avais été dans le coma ou sous le coup de l'anesthésie, si encore j'avais dormi sans arrêt mais, pas du tout, j'étais on ne peut plus éveillé, nullement anesthésié, c'est le temps qui a sombré dans le sommeil, c'est la mémoire qui a disparu. J'étais conscient, je parlais, j'écoutais, je souffrais. J'étais donc là sans y être. Comment est-ce possible ? »

Il manifestait un grand désarroi. On eût dit qu'il avait fait l'expérience du néant.

Pour surmonter son trouble, il entreprit de tenir un journal. Il allait y consigner par le menu l'emploi du temps de chacune de ses journées. Pour un seul jour, dans sa volonté de tout noter — il disait : de tout reconstituer —, il lui fallait vingt pages. Et le temps qu'il y consacrait, de dix heures à minuit, était-ce du temps gagné ou du temps perdu ? Le doute s'installa chez cet homme spécialiste d'économie.

Quelque temps plus tard, il relut tout ce qu'il avait consciencieusement consigné. Et l'image lui vint d'une valise qu'il aurait déposée à la consigne d'une gare. « Elle contient tout ce dont j'ai besoin, j'y ai mis aussi ce qui m'est le plus précieux et, quand je vais la reprendre, elle me paraît bien légère, je l'ouvre, elle est vide. »

Il cessa aussitôt de tenir son journal. Ce ne fut pas un renoncement, ce fut une libération ; il me parla comme il ne l'avait jamais fait. Jusqu'alors, je me sentais traité comme un magnétophone censé enregistrer et garder en mémoire ses paroles, chaque événement quotidien, le plus fragile souvenir d'enfance, le plus fugitif de ses rêves étant conservés bien à leur place, déjà morts : autant de petits cercueils. Et voici qu'il se permettait de divaguer, de traverser le temps, de respirer un autre air que celui, raréfié, de la mémoire enregistreuse.

Je n'avais été qu'à demi convaincu par son invocation d'un temps volé. Sans doute parce que, pour ma part, ce sont des périodes entières de ma vie — bien plus que quelques semaines… — qui se sont effacées, et je ne m'en soucie guère tant je suis persuadé que ma mémoire ne serait qu'un cimetière si l'oubli, sans cesse, n'exerçait ses pouvoirs et n'avait sa manière à lui de procéder dont j'ignore les lois. Parfois, de ce que je croyais définitivement enfoui, je découvre une trace, une trace minuscule mais sensible : l'odeur d'un bois de pins, le nom d'une rue de village, la démarche hésitante d'un promeneur, le cri d'un enfant ou d'une mouette sur la plage et, de sensation en sensation, de trace en trace, c'est tout un temps qui vient à la fois recouvrir et animer mon présent. La mémoire que j'affectionne, loin d'être la dépositaire du disparu, est pour moi le lieu inépuisable des apparitions, d'un nouveau qui n'a pas d'âge.

C'est de son séjour à l'hôpital que l'homme au temps volé était revenu si troublé : s'il pouvait ainsi perdre son passé immédiat, alors c'était tout son passé qu'il pouvait perdre aussi bien et, avec lui, jusqu'au sentiment de sa propre existence. Que serait un homme privé de toute mémoire ? Un homme moins abandonné par les autres — ils étaient venus le voir, avaient pris soin de lui — qu'abandonné par lui-même. « J'étais là sans y être » ou plutôt : « Ils étaient là, je n'y étais plus. » Un avant-goût de l'entre la vie et la mort, de l'entre la mort et la vie, un passage dans les limbes…

C'était la première fois qu'il avait été atteint dans son corps, que des mains de professionnel le lui avaient ouvert et qu'il avait senti son intégrité menacée. Prudent ou chanceux, il n'avait pas été jusqu'alors sérieusement malade, n'avait jamais été blessé, ayant traversé sans encombre les dangers auxquels il avait été exposé. Comme lui, comme tout un chacun sans doute, je me suis cru longtemps indestructible.

De sa plainte angoissée, s'étaient pour moi détachés deux mots : *amputé*, à propos du temps, *reconstitué*, quand il m'avait confié ce qu'il attendait de son journal, et l'idée me vint qu'il avait choisi d'accuser sa mémoire plutôt que son corps de l'avoir trahi. Ce corps lésé, ce corps dont on oublie, tant qu'on est bien portant, qu'il est constitué d'organes comme d'autant de petits individus toujours prêts à revendiquer leur autonomie, à travailler chacun pour leur compte au lieu de rester silencieusement à notre service tels des domestiques zélés, il lui avait fallu, au plus vite, tenter de le réparer, comme on s'emploie à remettre en marche une machine subitement détraquée, de le reconstituer, morceau par morceau, de le recoudre, page après page, comme on raccommode un tissu déchiré. Vaine tentative qui lui permit pourtant de trouver ailleurs que dans la reconstitution ou le raccommodage le goût de vivre, ce goût dont nous savons qu'il peut nous quitter aussi vite qu'il peut nous revenir. Pour ne pas le perdre, pas d'autre issue que la lutte en nous, jour après jour, contre l'inanimé, pas d'autre remède, je le crois, qu'une mémoire vive, qui se plaît, indéfiniment mobile, à franchir toutes les frontières.

Qu'est devenu cet homme dont je n'ai plus de nouvelles ? S'est-il fatigué de composer des ouvrages d'économie — faits avérés, tableaux statistiques, courbes graphiques indiscutables mais pronostics incertains ? Peut-être écrit-il des romans ? Peut-être est-il désormais capable d'*inventer* sa vie, peut-être est-il enfin sorti de *son* hôpital.

C'était ce qu'on appelait naguère une jolie femme.

Rien ne paraissait l'affecter. Dès notre première rencontre, elle m'avait livré certains traits de son histoire que d'autres auraient longtemps tenus secrets : sa mère avait eu toutes sortes d'amants et elle ignorait lequel pouvait bien être son père, un de ses demi-frères l'avait rejointe à quinze ans dans son lit et elle ne se souvenait pas jusqu'où étaient allées leurs caresses d'adolescents. « Vous croyez que tout cela offre quelque intérêt ? Vous pensez que c'est important, que ça a pu me marquer ? » Et elle continuait : ses aventures amoureuses, plaisantes le plus souvent, se terminant d'un commun accord, sans drame, comme si de rien n'était, puisque tout cela n'était rien. Elle travaillait dans une agence de publicité : « Je vends du vent » et elle le vendait avec brio.

Subitement, des larmes et presque aussitôt un sourire qui ne la quittait guère et ne s'adressait à personne.

La fois suivante, le ton change, le sourire reste le même. Elle me dit habiter seule un appartement au vingt-sixième étage d'un immeuble de la place des Fêtes. « Vous connaissez ? » « Il y a un mauvais moment à passer : l'interminable couloir, sans âme qui vive, avant d'atteindre ma porte, vous savez comme ceux de ces immenses hôtels anonymes. L'appartement est trop vaste mais il a l'avantage d'être exposé au midi et la vue sur Paris est dégagée ; le soir surtout, c'est superbe. » Je crois entendre un agent immobilier mais enfin c'est sa manière de me faire approcher de chez elle. A-t-elle un « chez-elle » ? Ce visage lisse et ces paroles qui glissent, « je vends du vent », « l'air de rien », rien de palpable, rien qui semble la toucher et c'est justement cela qui, moi, me touche.

Et puis, sans que rien ne l'annonce, vient l'aveu. L'homme dont elle s'était passionnément éprise l'a quittée du jour au lendemain. « Je n'avais jamais connu cela, une passion partagée, enfin, partagée, je le crois, sait-on jamais ce qui se passe à l'intérieur d'un homme ? » Et moi, bien sûr, je pense : à l'intérieur d'une femme. Elle a du mal à s'en remettre. « C'est dur parfois mais c'est tellement banal, ces histoires de femmes plaquées, vous avez dû entendre ça mille fois. »

Un instant de silence et elle ajoute : « Et puis j'ai la télévision. »

Nous en restâmes, ce jour-là, sur ces mots. C'est plus tard qu'elle me révéla ce qui était pour elle le secret des secrets, elle ne l'avait dit à personne, elle aurait eu trop honte. Toutes les nuits durant son sommeil, elle laissait en marche son poste de télévision. Elle coupait le son. Le flux des images se poursuivait jusqu'à l'aube. Ainsi évitait-elle la lucidité féroce de l'insomnie et pouvait-elle dormir sans risquer de se réveiller en sursaut en ne sentant à côté d'elle qu'une place vide, en ne touchant qu'un drap froid. Les images défilaient sur l'écran, violentes, érotiques, elle ne les voyait pas, il lui suffisait qu'elles soient là, toutes proches au pied de son lit et inaccessibles à son regard. Il lui suffisait de savoir qu'elles ne s'interrompraient pas et, surtout, qu'elles n'étaient pas les siennes, ni sans doute celles de quiconque. Grâce à quoi, elle s'épargnait toute angoisse trop vive, toute excitation qu'elle n'aurait pu apaiser. Le sommeil, lui aussi, pouvait glisser sur elle sans la meurtrir.

Cette femme ne m'a jamais raconté un seul rêve. Je pense d'ailleurs qu'elle ne rêvait pas.

Nous nous sommes assez rapidement séparés, « d'un commun accord, comme si de rien n'était ».

Dans le taxi qui nous conduit à l'aéroport, je pressens déjà ce que je retiendrai de ces quelques jours passés à Lisbonne comme si ma mémoire, de peur que tout ne s'estompe, s'employait d'elle-même à opérer un cri.

Nous avons, Anne et moi, beaucoup marché, beaucoup grimpé, visité des musées, traversé l'extraordinaire jardin botanique en ne rencontrant sur ses pentes que des centaines d'arbres venus d'autres continents, bu un verre dans le café de Pessoa (les guides désormais l'indiquent), vu des séries d'azulejos, avec une pensée pour Pascal Quignard et une autre pour Gérard Macé, nous nous sommes scandalisés — Anne est protestante — devant la luxuriante ostentation des trésors amassés (volés ?) par l'Église, nous avons échangé les banalités d'usage, face à toutes ces maisons délabrées, décrépies, sur le sort malheureux d'une nation qui, après avoir exploré et conquis au long des siècles une si grande partie du globe, se retrouve à l'étroit, à jamais déchue. En avons-nous croisé de ces passants solitaires au costume sombre, le même sans doute depuis trente ans, fantômes doucement mélancoliques, qui nous paraissaient moins voués à la nostalgie qu'à une définitive résignation : des émigrés dans leur propre ville.

Quoi encore ? Une surprenante figuration de la Trinité : Dieu le Père, la colombe du Saint-Esprit au-dessus de sa tête et un Christ souffrant, meurtri, mais c'est un Christ petit enfant que le père tient dans le creux de ses bras comme le ferait une mère.

Mais tout cela et bien d'autres choses vues, entrevues qui m'avaient saisi un moment, j'aurais pu les noter sur un de ces agendas dont l'émotion est absente. Ce à quoi je commence à rêver dans le taxi, c'est au tramway n° 28 et c'est à l'émerveillement dont m'a fait don la Fondation Gulbenkian.

Étrange alliance qui s'impose à ma mémoire rêvante entre ce tramway qui traverse le quartier d'Alfama dans des rues si étroites qu'il frôle les maisons, ce tramway brinquebalant, freinant comme il peut dans les descentes, ahanant dans les côtes, avec son wattman actionnant avec vigueur la manivelle comme la barre d'un chalutier chahuté par la houle, entre cet engin d'un autre âge, jouet d'enfant miraculeusement préservé, plus par inattention que par choix, et ce lieu proprement magique, ce lieu tout de beauté et de raffinement où voisinent tous les âges et toutes les civilisations, certaines disparues, et alors laquelle ne serait pas en voie de disparition ?

« Nous avons atteint notre vitesse de croisière, 900 kilomètres/heure, nous volons à une altitude de 8 000 mètres. » Mon siège est près d'un hublot. Rien apparemment qui retienne l'attention des autres passagers feuilletant leur magazine. Quoi ! Nous survolons ce qu'ils appelleraient une mer de nuages. Mais ce qui se découvre à perte de vue à travers l'étroit hublot, c'est tout autre chose qu'une plate et grise étendue, c'est un continent, un continent immense, avec des accidents de relief insensés, des vallées, des crevasses, des plages de désert, des falaises abruptes et au loin une chaîne de montagnes rocheuses. C'est le lieu de toutes les métamorphoses. Une soudaine exaltation me gagne, de même nature que celle que j'ai connue quelques heures plus tôt en passant d'une salle à l'autre dans la Fondation. Là, passer d'une salle à l'autre, c'était franchir les frontières de l'espace et du temps, celles censées séparer l'art de l'artisanat, les arts nobles des arts mineurs, le saule d'un paravent chinois d'un portrait d'une dame de la Renaissance, c'était, tout au long du parcours, vivre au plus près de la Beauté, d'une beauté sans fard qui ne chercherait pas à séduire, aussi éclatante que discrète dans sa pure évidence. Pas un tapis, pas un vase, pas un tableau qui n'ait été élu et le simple visiteur de passage que j'étais se sentait, bien qu'il n'y fût pour rien, touché à son tour par la grâce, admis au nombre des élus !

J'ai appris à me méfier de l'émotion dite esthétique, à ne pas me laisser prendre et duper par l'illusion du Beau. Et il se trouvait que, quelques jours avant notre excursion à Lisbonne, j'avais vu sur « Arte » les films de Leni Riefenstahl exaltant successivement le corps collectif du national-socialisme, celui des athlètes des Jeux de Berlin et, sur le tard, la nudité des corps de Noirs d'Afrique. J'avais pu alors mesurer à quel point le culte du beau sert — et parvient — à recouvrir l'horreur. Je me souviens qu'aussitôt après avoir visionné ces films et cédé à leur attrait, je m'étais empressé, comme un homme qui a avalé à son insu un poison recourt en toute hâte à un antidote, d'ouvrir un livre où étaient reproduites les œuvres du peintre Egon Schiele et où, à l'extrême opposé, j'étais assuré de ne trouver figurés que des corps réduits à des faisceaux de nerfs ou traversés par la mort jusque dans l'étreinte.

Et voici que, tombant en arrêt devant chacune des œuvres exposées à la Fondation, j'éprouvais un émerveillement me tenant lieu de « vision béatifique ».

Être transporté hors de soi par une couche de nuages en ne voyant pas au-dessus de soi un couvercle mais en survolant un autre monde multiforme, à la fois fluctuant et solide, être ravi par des tapis, au point de s'envoler avec eux vers quelque Orient. Qu'ai-je à faire des tapis et des nuages dans la vie courante ? rien. Une telle exaltation, un tel ravissement tenaient du miracle. J'étais entré en touriste consciencieux et quelque peu fatigué dans le bâtiment du musée, je bavardais tranquillement avec Anne dans l'avion et, sans préavis, m'était donnée une figuration sensible d'un au-delà à la portée de mon regard, un regard dont il nous faut des moments tels que ceux-là pour mesurer les limites. Comme il est étroit, comme il est partiel et partial notre champ de vision ordinaire, nous le savons, bien sûr, mais nous l'oublierions s'il n'y avait des romans, des poètes, des peintres… et, entre ciel et terre, des fabricants de nuages — rien d'autre que de la vapeur d'eau en suspension — ou, au sol, des tapis sortis aujourd'hui même de quelque atelier de la Perse du quinzième siècle — rien d'autre que des fils de soie tissant un corps invisible.

« Vous allez atterrir à l'aéroport Charles-de-Gaulle dans quelques minutes. Ne détachez pas votre ceinture avant l'arrêt complet de l'appareil. La température au sol est de dix-huit degrés. » Soudain, je me tourne vers Anne : « Regarde, c'est elle, je la vois. » Oui, c'est elle, cette tache blanche, ce minuscule rectangle posé là entre un bois sombre et un champ de blé, c'est elle, ultime clairière avant l'expansion anarchique des banlieues, toutes identiques et interchangeables, oui, c'est ma maison préservée — autre miracle — au fil du temps, celle qui a su bravement résister à la convoitise des pouvoirs publics et des promoteurs immobiliers, oui, c'est ma clairière que je vais rejoindre, comme pour y retrouver confondus tous les âges de ma vie, dès que je m'en donne la permission. « C'est elle, je la vois » : bref instant — quelques secondes — où coïncident le plus intime — cette maison n'est à ce point précieuse que pour moi et je n'ai jamais su dire ce qui m'y attache plus que de raison — et le plus extérieur, coïncidence qui m'assurerait que son existence et la mienne ne sont pas pure invention de ma part. Je la vois, de là-haut, donc j'existe !

Et le tramway n° 28 que j'allais oublier, ce petit tram sans âge qui, lui aussi, a su résister au « progrès ». Je veux y voir un double de ma maison ou même une image de ma vie, quand je l'évoque avec complaisance : il gravit vaillamment les côtes, il achemine ses passagers à destination, en accueille de nouveaux en cours de route, il paraît toujours sur le point de dérailler, mais, vaille que vaille, il accomplit son trajet. Après quoi le wattman, moins conducteur que conduit, s'accorde le droit de rêver dans sa clairière, de séjourner au-dessus des nuages ou de s'étendre sur un tapis qui a volé d'un lointain Orient jusqu'à lui. Personne ne saurait se passer d'un autre monde.

À cet autre monde, je préfère ne pas assigner une place. J'hésite même à lui donner un nom, fût-ce celui de nuages ou de fils de soie, fût-ce celui de limbes.

Corbeilles ou paniers de fruits, vases de fleurs, gibier, coquillages, poissons, la table est servie. Comment a-t-on pu qualifier de *Natures mortes* ce qui s'offre ainsi généreusement à nos cinq sens en éveil ? J'ai préféré, tout un temps, les nommer, comme on le fit jadis, vies coyes, vies tranquilles ou muettes ou silencieuses. Car la vie est là, délectable, plus que la mort. Quand l'imminence de notre mort nous est rappelée, avec une triviale insistance, sous la forme d'un crâne, dans ces Vanités souvent associées aux Natures mortes et venant les contaminer, elle ne fait qu'aviver chez moi le goût de l'éphémère.

Je me souviens que, sortant d'une exposition rassemblant des Vanités — il faut dire qu'elles étaient belles et pour certaines lumineuses… —, ce n'est pas vers quelque cimetière que mes pas m'ont dirigé où j'aurais pu méditer sur mon inéluctable futur. Sans même réfléchir, j'ai emmené dîner ma compagne, qui portait ce jour-là une robe printanière, dans un aimable restaurant de la place Dauphine, celle dont André Breton disait qu'elle avait la forme d'un sexe de femme. Nous y avons bu du vin frais et, tout en palpant dans nos bouches avec délice la chair d'une daurade venue, voulions-nous croire, de l'océan le matin même, il nous a suffi de quelques framboises pour avoir la certitude que nous goûtions à tous les fruits de la terre. C'était le soir et la table était recouverte d'une toile cirée, pourtant, si nous voulions que ne s'estompe pas la saveur de ce moment, nous le devions à ce que Bruno Bayen a nommé « le pli de la nappe au milieu du jour ».

Décidément, vie tranquille, *still life* ne me convient pas encore. Ces prétendues Natures mortes sont des offrandes. Des offrandes faites aux disparus.

C'est ainsi que les choses ont commencé. Comment avais-je pu l'oublier, moi qui, lors de mon lointain séjour en Égypte, avais dû voir ces tombes où rien de ce qui est bon à nourrir le vivant ne doit manquer aux morts ? Pour eux, la table doit demeurer toujours servie.

Si, depuis quelque temps, je ne me promenais dans les limbes que pour faire offrande à ceux que j'ai aimés, à mes disparus, à ces desservis, et d'abord à ce tout petit garçon mort sans sépulture et sans nom ? Si notre mémoire se refusait à être une sépulture de l'oubli, si elle était tout ce qui nous reste de la croyance en la réincarnation, notre unique recours pour donner à tout le moins un peu de chair, un rien de vie vibrante, à nos fantômes ? Mais sans doute n'est-ce qu'à nous-mêmes que nous faisons l'offrande de ce viatique, dont nous ne consentons pas à nous passer. Je n'aime pas le renoncement, moins encore la résignation. Je ne supporte pas les actes, les mots qui cherchent à effacer ce qui, ne serait-ce qu'un instant, a tenu à la vie.

« Il avait pris, peu à peu, l'habitude de compter ses morts. L'idée lui était venue, assez tôt dans la vie, que l'on devait faire quelque chose pour eux. Ils survivaient dans une essence plus simple et plus intense, dans une absence consciente, dans une patience significative, et leur existence restait individuelle, comme s'ils n'étaient frappés que de mutisme. »

Henry James, *L'Autel des morts*

Que ce que nous tenons pour la réalité soit affaire de point de vue, que ce soit notre regard qui la constitue, il me semble que je l'ai toujours su, bien avant d'avoir entendu parler de relativité restreinte ou généralisée... Enfant, déjà, alors que je me promenais avec mon chien, je me demandais ce qu'il voyait de la rue, des magasins, des passants, ce que pouvait bien être son réel, à coup sûr radicalement différent du mien, sans pouvoir néanmoins mesurer l'écart entre ce que je percevais et ce qu'il percevait, pensant même, lorsque nos pas nous avaient égarés loin de notre quartier, que son flair le guiderait plus sûrement que mes yeux pour retrouver notre chemin.

Aussi, plus tard, quand j'appris la formule de Berkeley *Esse est percipi*, ne me parut-elle nullement paradoxale. Je l'accueillis avec d'autant plus de plaisir que, puisque l'*être* était ce que je percevais, j'avais pour devoir de ne me fier qu'à mes seules perceptions. Personne, jamais, ne pourrait me faire accroire que le ciel était gris quand je le voyais bleu, que cette femme était on ne peut plus quelconque alors que je la trouvais incomparable. Pourtant les choses se gâtaient quand je me trouvais face à un interlocuteur aussi convaincu que moi. Je protestais : « Ce n'est quand même pas parce que tu vois les choses ainsi qu'elles sont effectivement ainsi ! » Si ses sens l'abusaient, si son imagination déréglait son jugement, pourquoi ne serais-je pas aussi victime d'une illusion ? Comme son point de vue et le mien étaient inconciliables et que faire intervenir la loi du nombre (nous sommes plus d'un à voir les choses comme moi) m'apparaissait une misérable concession, je ne trouvais plus en Berkeley aucun secours.

Tel fut le point de départ de ma réflexion philosophique qui ne me mena nulle part. Je naviguais entre le réalisme qualifié de « naïf » — qui offrait bien des avantages —, le solipsisme — mais alors j'étais bon pour l'asile —, l'idéalisme transcendantal — mais si je consentais à faire le deuil de la chose en soi, j'admettais mal qu'elle me soit d'emblée interdite —, j'allais de la caverne de Platon à la fenêtre de Descartes d'où il ne voit que « des chapeaux et des manteaux, qui peuvent couvrir des spectres ou des hommes feints qui ne se remuent que par ressorts ». N'avais-je donc accès qu'à des apparences, qu'à des spectres ? Même Husserl ne me tira pas d'affaire : l'existence de l'autre, d'une autre conscience paraissait l'embarrasser. Comment diable le *cogito* pouvait-il être à la fois pluriel et singulier ?

Progressivement, année après année, ma myopie s'accentua. Et alors les points de vue différents ne pouvaient plus être assignés à des personnes différentes. Ils coexistaient en moi. Ils s'opposaient même. Muni de mes lunettes, je voyais les visages, les objets, le monde tout entier avec une extrême précision. Quand je ne les portais pas, c'était le flou, l'absence de contours. Les mêmes yeux me faisaient passer d'un monde à l'autre. Déjà les changements de mon humeur me troublaient, mais ils n'étaient jamais si brusques et surtout je pouvais les imputer à quelque chose qui agissait en moi, même si j'ignorais quoi. Alors que là ma participation subjective était nulle. Il suffisait que je quitte mes verres transparents pour me trouver flottant, presque égaré, vaguement entouré de formes indistinctes et moi-même flottant parmi elles. Je me souviens qu'un jour où j'avais confié mes lunettes à l'anfractuosité d'un rocher pour aller me baigner, je fus incapable de les retrouver une fois sorti de l'eau. Ce fut la panique. Rarement, je crois, je ne me suis senti aussi démuni, abandonné comme doit l'être un enfant perdu dans la forêt ou une ville inconnue. Seul Mister Magoo, petit homme et grand myope, mon héros de dessins animés, aurait pu me comprendre ! Mon désarroi se transforma en triomphe quand, de retour à mon hôtel (je me demande encore comment j'y suis parvenu), je pus me saisir en tâtonnant d'une ancienne paire de lunettes restée, par miracle, au fond de ma valise. Les verres n'étaient pas les mêmes mais enfin je ne me crus plus condamné à un exil définitif... Depuis cet incident — non, cette catastrophe ! —, quitte à faire sourire les autres nageurs, je n'entre jamais dans l'eau sans ces yeux-là, ces yeux qui sont les miens sans l'être.

On croit que le myope porteur de lunettes a une vue déficiente. Mais non, il voit bien, trop bien. Son regard est d'une excessive vigilance comme peut l'être une attention aux aguets, qui ne veut rien laisser passer, repère les failles d'un raisonnement, l'emploi impropre d'un mot, la fausse note. L'attention vigilante est toujours sensible à ce qui cloche. Les verres « correcteurs » rendent le regard implacable. Il suffit qu'un tableau, une gravure soit mise sous verre pour que l'œil y détecte des détails autrement imperceptibles. La moindre ride, un bouton pointant timidement sur le front, les pores de la peau, rien n'échappe aux yeux scrutateurs du myope. La plus belle des femmes — sans doute parce qu'elle est la plus belle — est par lui démasquée comme si son visage n'était que fard et qu'il apercevait déjà sous les traits de la femme florissante la femme fanée — plus émouvante mais moins désirable — qu'elle ne manquerait pas d'être quelque temps plus tard.

Qui dira le malheur du myope voué à des visions déformantes et qui ne saura jamais ce que peut être, si elle existe, une vision *juste* des choses ? Quitte-t-il jamais cette salle des parcs d'attractions où les miroirs renvoient au visiteur des images de corps démesurément allongés ou élargis ? Voit-il trop petit ou trop grand, de trop loin ou de trop près, comme le petit Gulliver à Brobdingnag saisi de dégoût face au sein monstrueux de la nourrice géante (passage qui m'avait fort impressionné quand j'étais enfant, ceci pour les psychanalystes qui me liront).

Entre la précision du regard, qui ne va pas sans cruauté, et le flou qui, effaçant les contours, risque de me dissoudre, je ne veux pas choisir. Il me faut l'alternance. Il me faut Piero della Francesca et Turner. Il me faut des formes géométriques et les nuages, les brumes qui recouvrent les cimes des arbres à l'automne et les lignes nettes, les esquisses des peintres et les corps accomplis des sculpteurs. Je veux séjourner dans le lieu indéterminé des limbes mais je me refuse à y demeurer. J'aime trouver les mots justes et être capable de bafouiller. J'aime les pensées vagues et la cohérence du discours, le mutisme de l'accusé et l'éloquence de l'avocat, l'heure d'entre chien et loup et les trains qui partent à la minute près.

L'attrait qu'ont toujours exercé sur moi les rêves trouve son origine dans cette contradiction. Il n'est pas vrai que les rêves soient flous, ils ne le deviennent que lorsque nous entreprenons d'en faire le récit. Alors ce ne sont plus que « c'était peut-être, c'était une espèce de, on aurait dit... ». Le rêve s'est éloigné et dans la traversée violente des images aux mots, il a perdu ce qu'il nous a fait voir, absolument, précisément, dans l'angoisse, dans l'épouvante ou, plus rarement, avec un vif plaisir. Mais nous l'avons vu de près, de trop près peut-être, quelquefois de loin, déjà prêt à disparaître.

Seul Hypnos, ce dieu de nos nuits qui sait aussi visiter nos jours, nous autorise à être des visionnaires. Comme, au réveil, alors que nous pensons que nos yeux sont ouverts, ils nous paraissent fermés et notre regard pauvre et notre horizon étroitement limité !

Et puis, attrait supplémentaire : le rêve fait varier les points de vue. Si le myope dispose de deux regards, le rêve, lui, les multiplie et, en les multipliant, multiplie mes identités. J'ai plus d'un âge, tous les âges, je revêts plus d'une forme — le rêve est le lieu des métamorphoses. Il se peut que je sois ce fauve, ce désert de pierres, ce bébé qui hurle. J'assiste à mon propre enterrement, je passe d'une femme à l'autre qui m'ouvre sa bouche et son sexe, je converse avec les morts, je marche à grands pas au-dessus du sol ou je suis paralysé, je trébuche au bord d'un précipice, toute une salle se lève pour m'applaudir à moins que, consterné, je ne reste muet sur l'estrade, je dois repasser mon baccalauréat et je ne sais rien, je vois des paysages comme je n'en ai jamais vu et qu'aucun peintre n'a su inventer, des paysages inimaginables ! et tout cela comme si j'y étais dans une évidence, une présence qui m'effrayent ou me ravissent et sans autres lunettes que mes yeux clos. Quand les voix venant de la cour m'extraient méchamment du sommeil, je n'ai plus la moindre idée de qui je suis, où j'en suis ni où je suis. J'ai quitté les limbes, j'ai quitté le lieu du possible, de l'infinité des possibles enfin réalisés. Pendant quelques instants, je vacille, n'étant guère pressé de rejoindre ce sol qu'on dit ferme alors que je le trouve sans consistance, friable et hostile. Comme si, une fois consommée la rupture violente avec l'aveuglante lumière du rêve, je ne pouvais avoir affaire qu'à la férocité, plus ou moins dissimulée, du monde du dehors qui ne voudrait retenir de nos nuits que les cauchemars venant briser net la capacité de rêver.

Ma mémoire procéderait-elle comme le rêve ? Floue quand je veux me souvenir ou, ce qui revient au même, me raconter, dire ce que j'ai vécu hier, il y a dix, trente ans, et alors ce ne sont pas des trous de mémoire, c'est toute la mémoire qui est un trou aspirant le passé pour le dissoudre. Mais extrêmement précise par les traces, souvent infimes en regard des événements que l'on tient pour marquants, qui se sont, quoi ? inscrites, déposées sans consentir à s'effacer. La mémoire fractionne le temps et dans ces fractions, ces fragments de rien du tout, dans ces riens je vois apparaître tout, comme il nous arrive en poussant la porte cochère d'un vieil immeuble de retrouver tout un pan de notre jeunesse ou, en savourant une glace, l'été, d'être transportés dans une ville de l'Ombrie où nous avons connu l'amour.

Ma mémoire comme mes rêves garde des traces de ce que j'ai vécu et de ce que je n'ai pas vécu. Où la mémoire flottante, où les rêves multiformes trouvent-ils leur source sinon dans les limbes ? Oui, mémoire et rêves sont des enfants des limbes, ces enfants à jamais privés — est-ce un désastre ? est-ce une chance ? — de carte d'identité.

« Rachel avait un de ces visages que l'éloignement dessine et qui, vus de près, retombent en poussière. »

Marcel Proust
Du côté de Guermantes

« Le Rêve est une seconde vie […] un engourdissement nébuleux saisit notre pensée, et nous ne pouvons déterminer l'instant précis où le *moi*, sous une autre forme, continue l'œuvre de l'existence. C'est un souterrain vague qui s'éclaire peu à peu et où se dégagent de l'ombre et de la nuit les pâles figures gravement immobiles qui habitent le séjour des limbes. Puis le tableau se forme, une clarté nouvelle illumine et fait jouer ces apparitions bizarres. »

Gérard de Nerval
Aurélia

En voici un, enfin, qui n'accable pas les enfants des limbes :

« Triste se tient Satan
Qui n'a pu les souiller
Et sombre aussi l'envie
Qui n'a pu les ternir
Heureux qui sera digne
D'être à leur rendez-vous »

Il voit en eux des « familiers des anges », il ne les expédie pas dans la géhenne mais les confie à un « Avant-Paradis »... Peut-être leur sort est-il semblable, nous dit-il, à celui de « l'embryon dans le sein maternel ».

Il se nomme Éphrem. Il vécut au quatrième siècle, à la frontière mouvante des empires romain et perse. Fils, dit-on, d'un père païen et d'une mère chrétienne, il ne fut baptisé que tardivement. Est-ce de là qu'il tient sa tendre attention pour les enfants morts sans baptême ?

Qui d'autre que Christian du Creusot aurait pu m'adresser les *Hymnes sur le paradis* d'Éphrem de Nisibe qui ne fut ni évêque ni prêtre ? L'ami Christian qui n'est pas près de renoncer à maintenir vivant en lui et à nous insuffler ce qu'il nomme l'esprit d'enfance.

« Des mots à la place des bras », dit cet homme allongé. La femme qui l'écoute est certainement douée pour être une mère sans cesser d'être une femme et l'homme désireux de trouver une enfance qu'il n'a pas connue. La sienne ne fut pas à proprement parler malheureuse mais triste, confinée dans une solitude impuissante à modifier quoi que ce soit, à commencer par le visage tourmenté de sa mère qui lui paraissait toujours dans l'attente d'autre chose ou dans un souci dont l'objet échappait à l'enfant.

L'homme parle mais sa parole ne peut jamais trouver un point d'arrêt ou partir dans une autre direction. C'est une parole active mais vaine. Alors il tombe dans le silence comme s'il tombait dans le vide.

L'enfant des limbes est privé de mots et dépourvu de bras qui le portent.

Et moi, que fais-je d'autre, en déposant tous ces mots sur des pages blanches, que de chercher à écrire quelque chose qui se tienne ? La plume qui avance et laisse venir des pensées incertaines, comme les premiers pas, me tiendrait-elle lieu de bras qui me portent sans me tenir enserré et m'empêchent, pour un temps, dans la fragile assurance qu'ils me donnent, de chuter dans le vide ou de m'éparpiller en mille morceaux ? Écrire, aimer, rêver, autant de tentatives pour être porté hors de soi dans une dépossession inquiétante, heureuse parfois. Aimer écrire, écrire comme on rêve pour être entraîné par un mouvement, refuser de rester sur place et donner chair à ce qui n'était jusqu'alors qu'attente vague et que fantômes près de s'évanouir. Quitter le lieu des limbes sans jamais rompre avec lui car c'est de là que je viens, c'est là que je reviendrai.

« C'est ici le séjour des ombres, du sommeil et de la nuit endormeuse [...].

Tout de suite, on entend des voix, un immense vagissement, les âmes des enfants qui pleurent : au premier seuil de l'âge, exclus de la

douceur de vivre, un jour sombre les emporta,
disparus avant la saison, dans la tombe. »

Virgile, *L'Énéide*
livre VI, vers 390 et 426-430

Cela aurait pu être un souvenir cuisant mais non, trente ans plus tard, il en riait encore.

La chaise métallique à laquelle il était attaché, l'homme en blouse blanche et à la moustache noire, le tampon imprégné de chloroforme violemment appliqué sur la bouche… Les jours qui suivirent et même longtemps après, l'angoisse l'étreignait quand il commençait à s'assoupir, il allait étouffer, il était encore sanglé sur la chaise, suffocant, impuissant, livré à son bourreau.

Que lui avait dit sa mère avant de le conduire à la clinique ? Qu'elle l'emmenait au cirque ? Peut-être, il s'en souvenait mal. En tout cas, il était sûr qu'elle ne lui avait parlé ni d'opération ni d'amygdales, d'ailleurs aujourd'hui encore, il ne savait pas trop en quoi ça consistait, les amygdales : des espèces d'éponges protégeant la gorge, l'empêchant d'être à vif.

Sans doute avait-elle cherché à lui éviter d'avoir peur avant, voulu, me dit-il, lui servir d'éponge en quelque sorte. C'était une mère peu expansive mais pas indifférente, soucieuse et peu souriante.

Elle est à son chevet. Il a très mal. Sa bouche, sa gorge sont en sang. Il ne peut plus parler. Quand même il voudrait dire ce qui va lui arriver. Il murmure : « Je vais mourir. »

« Vous n'imaginerez jamais ce qu'elle m'a répondu : "Ne t'inquiète pas, mon petit, tu riras, tu riras." »

Le fait est qu'il en rit encore. Il suppose que sa mère avait entendu dans la bouillie sanguinolente des mots qu'il arrachait du fond de sa gorge : « Je voudrais rire. »

Il se tait un long moment. Puis il reprend : « J'ai dû penser que, décidément, elle ne comprendrait jamais rien, que je devais demeurer seul avec ma certitude d'une mort imminente, seul avec ce qui me faisait mal, et alors il ne me restait plus qu'à me parler à moi-même puisque ma mère, puisque personne ne parlait la même langue. Mais maintenant ce malentendu (au sens propre, me précise-t-il, mal entendu) me fait un effet contraire. Comment vous dire ? Un effet libérateur, oui, c'est cela, libérateur. »

L'homme est allongé, je suis à son chevet tandis qu'il me rapporte cet événement d'enfance, qu'il insiste pour me signifier que le malentendu entre sa mère et lui — entre lui et moi ? — fut, tout compte fait, libérateur. Elle n'avait pas partagé sa douleur, n'avait pas fait sienne sa peur de mourir mais elle lui avait promis le rire, elle avait donné toutes ses chances à la vie. Elle s'était éloignée de lui en restant à ses côtés. Elle était tout près et très loin.

Elle ne l'avait pas compris mais entendu de travers. Avait-il tort de voir là une libération ? Comme ce serait redoutable d'être pleinement compris ! Et comme on trouve aussi du plaisir dans la conviction plaintive d'être resté depuis l'enfance et à jamais incompris ! Je me souviens d'un film qui portait ce titre, pas un spectateur qui n'ait versé des larmes sur lui-même en se cachant de son voisin.

Depuis, l'homme a toujours gardé en lui sa souffrance, sa blessure sanglante qui a pris d'autres formes. Elle lui appartient comme un secret. Il est sociable, se montre d'excellente compagnie. Il a de nombreux amis, quelques maîtresses, il gagne beaucoup d'argent. « Pourquoi ne serait-on pas à la fois dépourvu d'illusions et joyeux ? Enfin, n'exagérons rien : il suffit de prendre le parti de la gaieté, la vie doit être légère, vous ne pensez pas ? »

Quand sa mère est tombée gravement malade, elle ne lui a pas dit : « Je vais mourir. » Elle l'a remercié des roses qu'il lui a apportées — quatre-vingts comme son nombre d'années, et, lui, il lui racontait, chaque fois qu'il venait auprès d'elle, des petites histoires qui la faisaient rire : un rien de lumière sur un visage devenu plus gris que ce mois de novembre où elle mourut.

« Quelle victoire pour moi, me dit-il, d'être parvenu à la faire rire ! » Et soudain il suffoque, ce ne sont pas des larmes mais de brefs sanglots qui le secouent. Du métal qui se briserait.

Puis il se lève et me dit sur le pas de la porte : « Au revoir et merci. »

Il m'avait dit : « Je travaille trop, je suis débordé, mon patron m'insupporte, il faut que je débraye. »

Il était directeur commercial d'une entreprise fabriquant des ordinateurs dont les bureaux étaient situés dans une tour de la Défense. Il me parlait de marketing, de listing, de briefing, de logiciel, de plan média, de parts de marché, toutes choses auxquelles je n'entendais rien. Depuis quelque temps, il récriminait avec une violence croissante contre son P.-D.G. : « un tyran, un incapable, un coureur de jupons » qui avait eu l'aplomb de lui faire des reproches : « Le chiffre d'affaires, Blanchard, le chiffre d'affaires ! Attention ! » « Qu'est-ce que j'y peux, moi, si nos produits n'ont plus la cote, ce n'est pas moi qui les fabrique. »

Je pressentais bien que son activité fébrile lui

tenait lieu de vie, que sa véhémence de plus en plus affirmée envers son patron le protégeait, en lui offrant une cible bien identifiable. Mais le protégeait de quoi ? J'attendais, me souvenant que, lors de notre première rencontre, il m'avait fait part en passant de son sentiment de « donner le change », de jouer des rôles, « mais je les joue parfaitement ». Oui, j'attendais qu'apparaisse quelque douleur secrète, que se ravivent des blessures. Quel curieux métier que le mien ! rouvrir les plaies, déceler les failles, attendre que la tour vacille, que la défense en béton craquelle…

Il avait dépassé la quarantaine : « Ce que vos confrères américains, je crois, ont appelé la *middle age crisis*, vous connaissez ? » Et c'est dans un éclat de rire qu'il s'exclame : « Le déclin, très peu pour moi. Je n'ai pas l'intention de me laisser aller. Pour commencer, j'arrête l'alcool et le tabac. »

Son père était mort d'un infarctus quelques jours après avoir pris une retraite anticipée.

En souriant, il m'annonce : « Je ne serai pas là la semaine prochaine. Cette semaine de thalasso que je vais m'offrir, cette remise en forme comme disent les prospectus, c'est un peu comme les retraites dans un monastère que font les croyants, histoire, j'imagine, de se purifier. Mais, rassurez-vous, la mienne sera brève. À lundi. »

C'est un autre homme que je vis entrer dans mon bureau la semaine qui suivit son absence. Toujours impeccable dans sa tenue — costume gris à fines rayures, cravate à fleurs censée signaler la touche de fantaisie que s'autorisent les « cadres » —, mais j'entrevis pour la première fois sur son visage défait, à travers le vague de son regard cherchant en vain à fixer le mien, les signes d'un égarement. Quelle frontière avait-il donc franchie ?

Ce qu'il me relata de son séjour à l'Institut de thalassothérapie ressemblait à un de ces rêves qui ne vous lâchent pas, dont on peine à sortir. Il était encore là-bas, errant dans des couloirs moites sous un peignoir blanc, glissant sur ses sandales, allant de cabine en cabine, pour y être massé, y recevoir des projections d'eau marine sur le corps, barboter dans un bain bouillonnant, pour être fouetté de face, de dos, par un jet violent, subir la chaleur desséchante du sauna, celle, humide, du hammam où la buée laissait apparaître les fantômes sans contours de corps dénudés ; puis, c'était une piscine où le moniteur exigeait de lui des contorsions étranges. Dans les couloirs, il croisait d'autres ombres d'hommes jeunes et vieux, de femmes obèses ou d'une maigreur à faire peur, mais pouvait-on même distinguer les âges, les sexes ? Tous portaient ce même peignoir blanc où s'inscrivait le logo de l'établissement, tous consultaient nerveusement leur fiche indiquant le programme des soins à suivre dans un ordre implacable. Il lui semblait qu'ils étaient des habitués du lieu ou qu'ils étaient venus là un jour, croyant ne faire qu'y passer et qu'ils y étaient restés pour toujours, oublieux du monde extérieur comme de ce qui les avait conduits à s'en absenter pour s'enfermer définitivement dans ce souterrain.

Le soir, c'était le dîner diététique, consommé en solitaire, avant de regagner la chambre, toute blanche elle aussi, où il s'endormait d'un sommeil qu'il subissait plus qu'il ne s'y abandonnait et qui n'était que la continuation du jour. Mais exacerbée : les ombres, les fantômes se muaient en démons qui l'assaillaient. Les murs de sa chambre prenaient des couleurs intenses, rouge, violet. Plus de blanc.

C'est à sa table de restaurant qu'un serveur lui avait apporté un télégramme lui annonçant la mort subite de son patron détesté.

« Je ne comprends pas, moi qui ne pleure jamais, j'ai éclaté en sanglots. Des spasmes qui coupent le souffle. J'ai cru que j'allais mourir. Aidez-moi, Docteur. » (C'est la première fois qu'il m'appelait ainsi.)

Il s'arrêta un moment. Puis : « Le lendemain, je ne suis pas allé à la thalasso. J'ai marché des heures et des heures comme un fou, sans but, marché pour marcher, pour sentir mon corps bouger. Je ne retournerai plus jamais dans cet endroit, dans… » Il dit « ce souterrain » tandis que je murmurais intérieurement : en bordure de l'Enfer.

Après quoi, cet homme jusqu'alors corseté dont j'avais difficilement supporté la raideur, l'arrogance, l'ironie cinglante, et qui ne consentait à livrer de lui et des autres que de strictes informations — un « briefing » —, cet homme laissa la place à… à qui ? Les hypothèses ne me manquaient pas. Quelques-uns de ses mots me restaient que je reliais entre eux : « Je suis un self made man, ce n'est pas moi qui fabrique les produits, ils n'ont plus la cote. » Des images aussi m'obnubilaient sans que je puisse m'en détacher : celle d'une mère qui avait quitté la maison brusquement sans préavis, sans motif qu'il eût pu saisir — allait-elle rejoindre un homme ? son pays d'origine ? un hôpital psychiatrique ? —, le laissant seul près d'un père abîmé dans le malheur, dont la petite entreprise de serrurerie avait fait faillite et qui n'avait connu que le long séjour d'une succession d'humiliations.

Des hypothèses trop simples, des mots épars, des images trop insistantes pour me permettre de le deviner au-delà de ce qu'il savait et de ce que je savais de lui. Peut-être nous connaissions-nous trop bien pour nous reconnaître ? Trop secrètement semblables ou trop manifestement étrangers l'un à l'autre ? Tous ces *trop* étaient l'envers d'un *pas assez.*

Après la crise du bref passage dans l'Enfer Thalasso, des barrières intérieures avaient cédé. Mais restait entre nous, en moi, une frontière que je ne parvenais pas à franchir. Pourtant, je les avais attendus, ce craquement, ces failles dans la muraille et l'effroi qui les accompagne. Je n'ai pas su aller au-devant de la détresse de cet homme, de cet enfant meurtri. Sans doute eût-il mieux valu que je prenne soin de l'enfant dont personne n'avait pris soin au lieu de rester à l'abri dans mon… — j'allais dire comme lui — mon *rôle* d'analyste.

Il me quitta un beau jour, sans préavis, lui aussi. J'ai imaginé qu'il avait accepté un poste à l'étranger, qu'il avait choisi l'exil.

Des années plus tard, j'appris qu'il avait trouvé la mort dans un accident. *Trouvé.* À l'annonce de cette nouvelle, ce fut moi qui eus comme un bref et violent sanglot. Sans larmes. Qui donc m'avait abandonné ?

Aucune salle de cinéma, aucune exposition de peinture, aucun des livres innombrables qui m'entourent ne m'attire… Je pourrais appeler un ami que je sais, ce dimanche, seul comme moi à Paris. Je raccroche l'appareil du téléphone avant d'avoir composé le numéro. Je sors. Les rues sont presque désertes. Les boutiques sont fermées. Les autobus ne circulent pas. Quelques gouttes tièdes de pluie, pas de vent. Il va bientôt faire nuit. La ville n'est pas tout à fait morte. Elle n'est pas non plus vivante. Je n'aperçois pas de lumières derrière les vitres des fenêtres. Mon cerveau est lui aussi entre chien et loup, aucune pensée ne l'anime, aucune image ne l'occupe. Je marche, j'ai un peu froid, je suis un peu triste — « Qu'est-ce qui t'arrive ? » disait ma mère, alors que justement il ne m'arrivait rien, « tu as l'air tristounet aujourd'hui » —, j'ai un peu mal aux dents. Un peu : toutes mes sensations sont amorties, c'est comme si quelqu'un d'autre m'en faisait part, sans insister. Je continue à marcher, mes pas m'éloignent de mon quartier, j'ignore où ils me conduiront, je n'ai pas prévu de destination.

La nuit est tombée maintenant et une pluie très fine enveloppe d'une sorte de brume les immeubles, les rares passants, les réverbères luisants, les arbres noirs dont j'imagine qu'ils ne retrouveront jamais leurs feuilles. Je me déplace dans un de ces mauvais films d'atmosphère qui cherchent à susciter chez le spectateur l'attente d'un crime. Serai-je la victime, le criminel ?

Et voici que je me trouve dans le quartier où j'ai vécu mon adolescence et où je ne suis jamais revenu depuis, voici que je remets mes pas dans ceux qui furent les miens, voici que j'emprunte, mais sans le décider, les mêmes trajets qui ne variaient guère : de l'appartement au lycée, du lycée au Café des Sports — il était proche du gymnase —, du boulanger-pâtissier à la librairie-papeterie, des bancs de l'avenue à la station de métro où je me précipitais, le jeudi après-midi, pour aller voir sur les Champs-Élysées des films américains qui curieusement me dépaysaient moins que ma vie quotidienne, si réglée, si familière.

Oui, un crime a bien été commis, *ils* ont tout

transformé, tout rénové, tout détruit. Mais, ces crimes-là, il s'en produit de semblables partout, jusque dans la rue où désormais j'habite. Que le cordonnier ait laissé la place à un antiquaire, que le kiosque du square, maintenant recouvert de béton, ait disparu, qu'à l'affable mercière où j'achetais chaussettes longues et caleçons courts se soit substituée une revêche marchande de tableaux qui n'en sont pas, je n'en suis pas autrement troublé. Ainsi vont nos villes et, quand je suis de méchante humeur, j'ajoute : ainsi va le monde, de pire en pire !

Mais, ce soir-là, dans ce quartier-là, c'est autre chose. Je suis dans une solitude absolue. Absolument désemparé. J'éprouve un mélange d'angoisse et de plaisir, où l'angoisse prédomine. Se confondent l'homme qui a vieilli sans s'en apercevoir et le garçon de seize ans qui ignorait qu'il était jeune. Ils vont à la rencontre l'un de l'autre, un instant ils sont le même ; la minute suivante ils sont tout autres, deux étrangers qui s'observent, un rien méfiants, hostiles, peut-être même dégoûtés. Celui d'aujourd'hui aurait-il détruit celui d'hier, si incertain, si friable, en prétendant le rénover pour lui garantir la solidité, la sécurité et, qui sait, une jeunesse éternelle ? Lui avait-il volé sa place en croyant la lui assurer, à ce garçon qui avait erré tant d'années sans la trouver ? Était-il sûr que celui d'autrefois — tel le boulanger-pâtissier qui faisait l'angle de la rue qui elle-même portait un autre nom que celui que je croyais fermement être le sien —, était-il sûr qu'il ait réellement existé ?

J'éprouve ce vertige qui m'avait saisi une fois à la tombée du jour sur un étroit sentier de montagne longeant une pente couverte de glace, plus attirante qu'un précipice abrupt ; une pente sans fin où le regard ne pouvait s'accrocher à rien : pas un arbuste, pas un rocher, pas une barrière.

Maintenant, c'est sur la pente du temps que je glisse sans repères où m'arrimer. Il m'arrive souvent de ne pas pouvoir différencier le passé et le présent. J'aime cette indistinction qui m'assure de ma continuité, confère une relative cohésion à des fragments épars. Rien de tel dans ce moment d'égarement dont je mesure bien qu'aucun récit ne peut rendre compte. Passé, présent, ces mots-là n'avaient plus de sens. Le temps n'était ni perdu ni retrouvé, il n'était pas dissous, c'était moi qui me dissolvais en lui en me confondant avec lui. Soudain, toute ma vie m'apparaît comme une vie antérieure, elle n'est faite que de vies antérieures. Qu'est-ce alors qu'être né et qu'est-ce que mourir ? Il n'existe sur terre que des revenants qui ont oublié de naître, qui se refusent à devenir des morts.

Comment font-ils les autres pour dire « moi » ? pour être convaincus qu'ils ont une vie, présente, passée, et que c'est la leur ? Certains même la racontent.

Je passais et repassais par les mêmes rues, sans les reconnaître, sans me reconnaître. Un instant, je me disais : « Cesse d'aller et venir ainsi, que cherches-tu donc à retrouver… ou à perdre ? Tu n'es plus là, rentre chez toi. » Et, l'instant suivant : « Mais non, tu es là encore, tu es là aussi, tu es toujours celui-là, tu es à la fois ici et là-bas ou bien tu n'es nulle part. »

Jamais, je crois, je ne fis à l'état de veille une expérience aussi troublante du temps. Les réflexions auxquelles elle me conduit, comme elles me paraissent banales, inconsistantes, face au désarroi que j'ai éprouvé ce soir-là, à la tombée du jour ou de la nuit, à la tombée du temps !

« J'avance parmi les décombres
De tout un monde enseveli,
Dans le mystère des pénombres,
À travers des limbes d'oubli. »

Théophile Gautier
« Le Château du souvenir »,
in *Émaux et camées*

Étrange rémanence du mot limbes. Il attire tel un aimant. Les limbes sont notre orient. Ce lieu de silence, d'absence et d'oubli dont nous venons, j'en suis sûr, est notre champ magnétique.

Je me souviens d'avoir lu *L'Ombilic des limbes* d'Artaud. J'ai vaguement en tête aussi un titre de Malraux.

Baudelaire, je crois bien, avait pensé intituler *Les Limbes* ses *Fleurs du Mal* avant de se raviser. (C'est un certain Hippolyte Babou qui lui fit don du titre définitif.) Pourquoi ? Ce que je lis sous la plume du grand spécialiste de Baudelaire ne me convainc pas pleinement du choix de *Limbes* puis de son abandon.

Je reviens donc aux poèmes (il y en eut exactement onze) qui furent d'abord publiés dans une revue, *Le Messager de l'Assemblée* (!), sous le titre de *Limbes.* J'y rencontre de *pâles habitants du voisin cimetière*, j'y entends *la triste voix d'un fantôme frileux*, j'y lis : *Mon âme est un tombeau que [...] depuis l'éternité je parcours et j'habite* ; ailleurs : *mon âme est fêlée, [...] Il arrive souvent que sa voix affaiblie...* Je suis en compagnie de chats qui *cherchent le silence et l'horreur des ténèbres.* Dans *La Mort des amants*, c'est un Ange qui, *entrouvrant les portes, Viendra ranimer, fidèle et joyeux, Les miroirs ternis et les flammes mortes.*

Je reconnais, ici et là, mes limbes dans ces images. La tristesse est audible, à chaque vers, dans les voix affaiblies de ces fantômes frileux, qui attendent l'improbable apparition de l'Ange. Impuissante et souveraine mélancolie. La beauté du Mal n'est pas encore célébrée.

Le Mal. Pourquoi est-ce que je vois la volonté méchante s'exercer et s'accomplir toujours *dehors*, jamais en moi. Il m'arrive de me reconnaître en Rousseau, jamais en Sade. L'alliance d'Éros et de la mort, la fascination qu'éprouve Bataille pour les supplices me sont étrangères. L'érotisme a toujours été, pour moi, jeu, charme, fête, liberté.

Pourquoi est-ce que je me sens si prompt à endosser le rôle de la victime, jamais celui du bourreau, du tortionnaire, du meurtrier ?

Pourquoi, alors que chacun s'indigne face aux assassins d'enfants, oublions-nous qu'il existe des enfants criminels ?

Pourquoi, malgré tout ce que je sais, vouloir perpétuer l'image de l'enfant des limbes, victime innocente de la négligence des mères ou de leur amour si exclusif qu'elles auraient voulu le garder en elles, cet enfant qui va subir, à peine sorti d'elles, l'inflexible jugement des serviteurs de la Loi ?

Les limbes : serait-ce là l'ombilic, la cicatrice ineffaçable, la signature de nos origines ?

Est-ce si atroce qu'on le prétend d'être expulsé du ventre maternel pour venir au monde ? J'aimerais ne jamais cesser de *venir au monde.*

« Je puis dire, moi, que je ne suis pas au monde. »

Antonin Artaud
L'Ombilic des limbes

Pour éclairer ce que la vie a fait d'eux et comme si j'allais trouver là anticipée leur histoire à venir, il m'arrive souvent de me poser la question : « À quoi jouaient-ils, enfants ? »

Je me souviens de Julien L. Après des mois où il ne faisait guère que se plaindre, mais d'une voix neutre, presque éteinte, de son isolement qui lui évoquait le désert où il n'aurait entrevu que quelques bêtes sauvages, il me raconta, s'étant arrêté en allant chez moi devant une vitrine qui exposait des soldats de plomb, qu'il en avait, enfant, un nombre considérable. Il organisait entre eux des batailles furieuses, il était à dix ans aussi fort en stratégie que Clausewitz, il imaginait qu'entre ses parents c'était une lutte sans merci qui se poursuivait jusque dans la chambre nocturne. Avait-il pour vœu secret d'être le seul organisateur de quelque scène primitive, le témoin de quelque passion animale dont il serait dans son désert à jamais exclu ?

Je repense aussi à Françoise R. Pour elle, un seul jeu, des années durant : se déguiser. Tout lui était bon : de vieilles robes en dentelles exhumées d'une malle au fond de la cave, les mannequins photographiés dans les magazines de mode, les coiffures changeantes des actrices. Je l'imaginais passant des heures devant le miroir à trois faces où sa mère, « volage, disait-elle, ses amants ne se comptent pas », vérifiait ses atours avant de sortir le soir. Maintenant, Françoise venait à ses séances toujours vêtue du même jean délavé, les manches de son chandail en laine écrue lui recouvraient les mains. « La mascarade féminine, très peu pour moi. » Elle vivait avec une femme une liaison jalouse, alternance de tempêtes furieuses et d'infinie tendresse. Elle parlait des hommes avec hargne, des femmes avec mépris, d'elle-même avec une dureté incroyable, comme toujours plantée, dépitée, rageuse, devant le miroir à trois faces.

Et voici que d'autres visages, d'autres paroles me reviennent comme s'il me fallait, pour consoler les enfants des limbes qui n'ont pas eu le temps de jouer, leur faire parcourir une galerie de portraits d'enfants dont les jeux préférés disaient plus la tristesse, la misère que la joie de vivre.

Bertrand avait pris en haine la discipline de l'école, l'emploi du temps, les horaires fixes. « Je ne supporte pas qu'on m'impose quoi que ce soit. Je veux choisir moi-même. » Il n'avait eu de goût que pour le marché aux timbres des Champs-Élysées. Plus tard, ses objets fétiches avaient changé : il collectionnait des livres précieux, des gravures érotiques, des femmes. Il exigeait qu'elles portent des bas de soie, des talons hauts, il tenait à jour la liste de ses conquêtes comme il l'avait fait jadis pour ses timbres, qu'ils fussent ordinaires ou rares, oblitérés ou vierges. C'était un homme très avide, très impatient, un solitaire qui ne supportait pas la solitude. Lors de notre première rencontre, il n'avait su me dire qu'une chose : « Ma vie c'est du vide, je suis vide, en moi il n'y a rien. Je fais semblant, voilà tout. » Puis, sur le seuil de la porte avec quelque emphase : « Comment font-ils donc les autres, pour aimer ? » Cet homme-là était très fort au poker. Il consignait le montant de ses gains sur un carnet qu'il gardait toujours dans la poche de sa veste. Il lui fallait dépenser très vite l'argent récolté. Ce joueur fébrile n'avait retenu de ses jeux d'enfant que l'excitation. Combien de fois avait-il entendu sa mère lui dire : « Ne t'excite donc pas comme ça ! » Il ajouta : « C'est curieux, il me semble qu'elle avait les yeux brillants, elle aussi, à ce moment-là. Puis elle allait s'étendre sur son lit. Elle était triste, ma mère, presque toujours absorbée dans ses pensées, ses rêves, je ne sais quoi. »

Bien sûr, il y avait aussi ceux dont les jeux me paraissaient moins étranges puisqu'ils étaient proches de ceux que j'avais moi-même pratiqués. Aucun n'était exclusif d'un autre : je pouvais passer sans mal d'une partie de football dans le square Parmentier au montage du circuit de mon train électrique dans la salle à manger, de ma rédaction française à *Zig et Puce* ou à *Bicot*, et de Bicot à Porthos, de Porthos à *Croc-Blanc* et, un peu plus tard, de Jack London aux *Misérables*. Aucun jeu, jamais, n'est parvenu à prendre le dessus sur le plaisir que me donne la lecture de romans, de nouvelles, pour peu que, d'une manière ou d'une autre, ils racontent une histoire dont à la fois je redoute et suis impatient de connaître la fin. Privé de la lecture, je serais réduit à n'être que ce que je suis. Je ne crois pas pourtant qu'elle me tienne lieu de « vraie vie », ni qu'elle me permette de vivre par procuration des vies imaginaires ou de confondre la mienne avec un roman. Non, plus simplement, plus efficacement, elle me détache de mes points fixes, elle me libère de la pensée affligeante que ma vie pourrait n'être qu'une succession de jours dont l'un répète, ou, pire, efface l'autre. Elle m'entraîne là où je ne suis pas et pourtant, puisqu'elle m'y entraîne, c'est que j'y suis ! La lecture est mon grand jeu.

Hier soir, dernier rendez-vous de la journée, après beaucoup d'autres. Une certaine lassitude me gagne. J'ai hâte de retrouver Anne, d'avoir une conversation vive, enjouée, ordinaire avec les amis qui viennent dîner.

Pour lutter contre ma torpeur et l'ennui que suscite en moi la monotonie des paroles de Dominique N., je me contrains à l'attention, m'emploie à détourner mon regard de ses pieds qui débordent du divan (il a ôté ses chaussures), de son crâne chauve qui transpire. Je dois l'écouter, c'est tout, je n'ai pas à me soucier de son apparence, toute de grisaille, de son corps… violemment je pense : asexué.

Dominique sort de chez le médecin — il dit : le docteur — qui l'a examiné longuement, soigneusement, « des pieds à la tête » (tiens, comme moi, à l'instant). « Je ne comprends pas, je le consultais à cause de mes brûlures d'estomac, mais non, il voulait tout examiner, tout voir. » Il me suffit de reprendre ces mots *tout voir* pour qu'il enchaîne. « Oui, jusqu'à… jusqu'à mon sexe. » Puis, en riant nerveusement : « Décidément, très curieux, cet homme. On aurait dit qu'il jouait au docteur, vous savez comme on y joue quand on est enfant. — On ? — Oui, bien sûr, j'y ai joué quand j'étais gamin, avec une petite copine de classe. »

À mon tour, je suis curieux d'en savoir, d'en voir un peu plus, mais Dominique se lance dans une diatribe, de plus en plus véhémente, contre les médecins : la perte du sens clinique, leurs prétendues connaissances, leur suffisance, cette autorité qu'ils croient détenir… « Ils ont beau vous toucher, vous palper le ventre, vous ausculter, en fait, ils ne voient rien. Ce qu'il y aurait à voir est caché, à l'intérieur du sac de peau, ce qu'il y a à voir est invisible. C'est pour ça qu'ils prescrivent à tour de bras ce qu'ils appellent des examens complémentaires, tous ces machins en scopie, pour enfin voir. Comment faisaient-ils, je vous le demande, avant que tous ces appareils existent ? »

Lui, si prudent, si mesuré jusqu'alors dans ses propos, se laisse emporter par un flot de paroles qu'il ne contrôle plus, ponctuées de « Je vous le demande ». « Le sexe, le sexe, pourquoi le sexe ? Ne croyez-vous pas, je vous le demande, que tous nos malheurs viennent de là ? Et pourquoi deux sexes ? Pourquoi pas plusieurs, ou un seul, ou pas du tout ? Garçon ou fille, fille ou garçon. Pour toujours la division, la séparation, la différence. Destin scellé une fois pour toutes. Les jeux sont faits, si j'ose dire, sur un coup de dés, au petit bonheur la chance. Pourquoi pas l'alternance comme en politique, je vous le demande ? D'ailleurs avec ma petite copine, ça se passait comme ça : "Une fois t'es la mère, une fois t'es le père." Mais à la longue cela devenait monotone. Non, ce qu'il faudrait, je vous l'ai dit, mais vous ne voulez rien entendre, c'est une infinité de sexes, la Nature aurait très bien pu procéder ainsi, qu'est-ce qui l'en empêchait, je vous le demande ? Ou Dieu, au lieu de créer bêtement Adam et Ève et de la faire naître d'une côte d'Adam en plus. Tiens, j'y pense, il ne devait pas être trop partisan de votre sacrée différence des sexes. Pas de sexe du tout et nous serions toujours au Paradis. »

Il fallut encore quelque temps pour que Dominique m'avouât son impuissance.

En écoutant ses propos, je croyais entendre, venue de son monde fantomatique, la voix de l'enfant des limbes demander : « Donnez-moi un sexe, qu'importe que je sois garçon ou fille, pourvu que j'en aie un, pour désirer ailleurs qu'en songe. »

Les limbes seraient-ils le lieu d'asexués qui n'ont pas la ressource de se prendre pour des anges ?

Il aimait les chambres d'hôtel dans les villes étrangères où il ne ferait que passer — « Pour une nuit ? — Oui pour une nuit. » Il aimait, l'été, les maisons qui d'un côté ouvraient sur une rue de village et de l'autre sur un champ, il aimait, pendant ses vacances, séjourner dans des îles pourvu qu'elles aient une côte tournée vers le continent, avec de longues plages de sable, et une autre, abrupte, violente, tournée vers l'océan. L'île était pour lui lieu de transition entre la terre et la mer, la lumière et la nuit, la lande et le roc, le vent et le sel, le délicat tracé des étoiles et les sillons gras du labour. Un lieu où, le temps d'un été, les éléments contraires pouvaient se réconcilier, le lieu d'une improbable harmonie.

Il détestait les boulevards périphériques, les supermarchés, les foules, les haut-parleurs, les congrès internationaux, les restaurants où les tables sont serrées les unes contre les autres : un enfer à la portée de tous les individus qui choisissent de s'y dissoudre.

Il aimait les tendres collines de Toscane, la baie de Somme à marée basse et parcourir les chemins de halage le long des canaux.

Il aimait les trains surtout quand ils disposaient de compartiments.

Il préférait les jardins à l'anglaise et les paysages des peintres plutôt que les jardins clos, policés. Il disait qu'il serait mort d'ennui dans le jardin d'Éden.

Il détestait les pièces climatisées où il est impossible d'ouvrir les fenêtres.

Il rêvait souvent de bras de mer et se demandait pourquoi.

Quand, sur l'écran d'un cinéma, il voyait un homme et une femme découvrir dans le même instant qu'ils s'aimaient sans se l'être avoué et sans qu'ils aient besoin de se dire « je t'aime », il était ému aux larmes.

Il détestait ceux qui se battent pour une place où garer leur voiture tout en pensant que, ces gens-là, il faudrait les tuer.

Il aimait la pluie, les orages, redoutait la grosse chaleur, avait toujours un peu peur quand il lui arrivait de tomber amoureux, ne sachant jamais si ce qui lui tombait ainsi du ciel annonçait une catastrophe ou un temps délicieux.

Il se disait qu'il avait cessé d'être un enfant du jour où il n'avait plus couru dans la rue sans raison, en allant chercher le pain ou voir un copain.

Il aimait les hauts plateaux, les lacs de montagne, détestait les gorges et les combes.

Il n'aimait pas les femmes soumises ni les hommes qui commandent et moins encore les hommes soumis et les femmes arrogantes. Il voulait qu'hommes et femmes soient *naturels* sans pouvoir préciser ce qu'il entendait par là.

Il aimait plaire, il ne cherchait pas à séduire, s'en sentant peu capable.

Il aimait chez les peintres que les nuages, les brumes, les lointains soient représentés avec précision et, chez les poètes, que les choses vagues trouvent le mot juste.

Il aimait le subtil nuage qui flottait autour de ses cigarettes. Ce nuage ne l'éloignait pas de son interlocuteur, il le rendait plus proche, en les enveloppant tous deux. Ce qui était alors tenu à distance, c'était le monde extérieur dans son indifférence, dans sa brutalité.

Il faisait preuve d'une grande curiosité pour les livres, n'en ouvrait jamais un sans espérer y trouver quelque révélation mais il écoutait, le soir, toujours la même sonate ou les mêmes préludes, jamais de symphonie.

Il détestait ce qu'il appelait les temps morts mais pouvait passer des heures sur une chaise longue en se laissant porter par l'eau de vagues rêveries.

Il aimait les kilomètres de longues routes droites bordées de platanes qui leur donnent de l'ombre pourvu qu'elles épousent les creux des vallons et se déploient comme un ruban qui ondule.

Il ne s'est jamais consolé de la perte de son chien disparu il y a quarante ans. Il faut dire que dans le nom de ce chien figurait le mot *Reste*...

Il s'est parfois fâché avec certains de ses amis. Mais vient toujours un moment où il ne sait plus pourquoi il leur en a tant voulu. Il ne supporte pas longtemps de haïr. Il n'a jamais été engagé dans une guerre. Il n'a pas connu le *baptême du feu*. Il ne sait pas ce que c'est que de tuer son semblable. Il n'a jamais tué que des mouches et des moustiques qui troublaient son sommeil.

Il a été l'objet d'une haine si implacable, si tenace, qu'elle l'empêche désormais de prononcer le mot frère.

Le matin, au réveil, la tête et, lui semble-t-il, tout son corps étant encore occupés par ses rêves, il est presque toujours de fort méchante humeur. Est-ce lui ou le monde qui est hostile ? Et puis, ça passe, il lui suffit d'un bon café, d'une douche chaude et froide, d'une cigarette et le voici qui marche d'un pas allègre vers son bureau où l'attendent pourtant des tâches plus ingrates que réjouissantes.

Les changements d'humeur. Il pense que tout en dépend. Tout. Il a eu beau chercher, il n'a jamais trouvé à quoi étaient dus ces changements, pourquoi il pouvait pendant des semaines se laisser progressivement envahir par le « bourdon », et les semaines suivantes être vif et joyeux. Pourquoi le même homme pouvait se sentir inerte ou animé. Il se souvient qu'il avait donné pour titre à un livre dont il n'a jamais écrit une ligne « Une âme en peine ». Il considère que l'antique théorie des humeurs surpasse toutes les psychologies modernes.

Il n'aime pas ressentir en lui la tristesse, mais il est sensible à celle des autres, il pense qu'ils sont alors plus dans le vrai que lorsqu'ils ont constamment le sourire aux lèvres.

Bien qu'il ait aimé et ait été aimé, il attend encore l'amour parfait, l'union sans faille, il n'ose pas dire : la communion des âmes.

Il déteste le bruit.

Il aime dormir la fenêtre grande ouverte, même l'hiver. Il s'enveloppe alors dans sa couverture. Il aime ces mots : *dormir profondément.*

Il rêve parfois que le bureau qu'on lui a alloué dans l'entreprise où il travaille a été vidé pendant son absence, qu'il en a été exclu sans que quiconque l'ait prévenu. Il pense que ce vide, que cette exclusion soudaine préfigurent sa mort qui l'exclura définitivement de tout ce qui lui tient à cœur — et de lui-même. Être exclu de soi, dit-il, on peut tout penser, mais pas ça.

Il aimerait connaître les noms de toutes les espèces d'arbres, de tous les oiseaux. Un ami avait commencé son instruction. Sans résultat.

Il s'aperçoit qu'il lui est plus facile de faire l'inventaire de ce qu'il aime que de ce qu'il déteste. Il n'est pas sûr que ce soit un bien. S'il détestait davantage, peut-être serait-il plus fort, se sentirait-il moins vulnérable.

Il cherche quels ont été les événements *marquants* de sa vie. Il en trouve dix qui sont des pertes et un seul qui soit un succès.

Il se savait imparfait mais ne se sentait jamais coupable. Ce n'était pas qu'il imputât les torts aux autres. Non, si certains de ses amis avaient pu souffrir de son inattention, et plus d'une femme de son éloignement, ce n'était ni sa faute ni la leur. D'ailleurs, en fait de négligences à son égard, et d'abandons inexpliqués, il n'était pas en reste, loin de là ! Mais c'était ainsi : la force des choses, le temps qui passe et nous change. Personne n'était coupable. Pourtant, ce qui le troublait, c'étaient des détails de son comportement qu'il n'avait pas été sans remarquer : pourquoi, par exemple, s'empressait-il d'ouvrir la porte cochère pour laisser passer un voisin ? Pourquoi se montrait-il si prévenant dans son courrier et d'une manière générale si consciencieux dans son travail ? Pourquoi, s'il lui arrivait de tenir un propos risquant de blesser son interlocuteur, ajoutait-il aussitôt : « Je disais cela pour plaisanter » ? Pourquoi présentait-il ses excuses pour être arrivé trois minutes en retard à un rendez-vous ? Pourquoi donnait-il de généreux pourboires au chauffeur de taxi le moins aimable ? Pourquoi, sinon pour tenter d'être à l'abri de tout reproche. Et alors, concluait-il, il devait bien être coupable de quelque faute pour à ce point s'appliquer à se montrer irréprochable.

Un innocent coupable malgré lui. De quel péché originel ?

Il disait : « La vie est un songe », oui, mais quand dit-on cela ? Quand ressent-on cela ? Quand la vie, la vie tout court, n'est pas loin de s'achever.

Ce monsieur me dit qu'il s'intéresse aux limbes. À l'en croire, l'inventaire qu'il dresse devant moi de ses goûts et dégoûts devrait m'aider à comprendre l'attrait que ce lieu étrange exerce sur lui. Je reste perplexe.

Est-ce parce que les résidents des limbes demeurent en marge, sont maintenus aux bordures de lieux bien définis que j'ai laissé de côté tant de mots griffonnés sur des bouts de papier sans penser à les insérer dans ces pages ? Et voici qu'ils viennent, éparpillés ici et là, enfouis dans une chemise cartonnée, se rappeler à moi, mais discrètement comme tout ce qui vient des limbes, juste pour demander, eux aussi, à n'être pas tout à fait oubliés.

Serait-ce là le présage que mon séjour imaginaire dans les limbes touche à sa fin ? Serais-je partagé entre la crainte de perdre à jamais ces fragiles émanations des limbes et l'envie de faire place nette sur la table où j'écris ? Me revient, à dire vrai cela ne m'a jamais quitté, ce que Cocteau cite de Radiguet dans sa préface au *Bal du Comte d'Orgel* : « Un homme désordonné qui va mourir met soudain de l'ordre autour de lui. Sa vie change. Il classe des papiers. Son entourage se félicite. »

Je devais avoir vingt ans, à quelques mois près, l'âge où Radiguet mourut, quand je lus ces lignes. Elles m'ont marqué. Ce sont peut-être elles qui, sans que je le décide ainsi, m'ont toujours fait laisser des espaces au désordre, ce signe de vie, ce signe que les objets ont droit eux aussi à la vie, au mouvement, sont libres et n'aiment pas être confinés à leur place. Il y a quelques mois, Claude, se sachant, comme il disait, au bout du rouleau malgré nos dénégations — « Mais non, Claude, tout au contraire, tu es bien plus vaillant que l'an dernier » —, classait son courrier, faisait déjà le vide dans notre bureau gallimardien tandis que, dans le même temps, je continuais à y accumuler dans le plus grand désordre dossiers, manuscrits à lire, livres reçus. Mettre de l'ordre : pressentiment de la mort qui attend patiemment derrière la porte.

Irais-je aujourd'hui à contre-courant en voulant repêcher en vitesse ces fragments de limbes déposés sur des feuilles volantes, des carnets, des post-it, sans me résoudre à les jeter à la corbeille ? Clore ma mémoire des limbes, ce ne sera pas me préparer à mourir — comme si on pouvait s'y préparer ! — mais espérer trouver, renouveler, cet injustifiable amour de la vie plus fort que nous et toujours capable de l'emporter sur notre défaillance native.

Alors ces fragments, ces lambeaux, ces griffonnages, ces morceaux épars de papier m'apparaissent maintenant comme les traces révolues d'une curiosité qui commence à faiblir. En aurai-je recueilli pourtant de ces documents susceptibles de m'apprendre ce que pouvait être l'équivalent des limbes dans d'autres religions que le christianisme ? En aurai-je prélevé des citations venues de lectures d'aujourd'hui ou d'hier mais toutes demeurées également vivaces comme autant de signes que m'auraient adressés de lointains visiteurs des limbes ? Avant de m'en séparer, je jette sur elles un ultime coup d'œil qui me fait aller de l'*Odyssée* — là où les morts « tels des oiseaux fuyant de tous côtés » viennent jusqu'à Ulysse — à l'utopie sociale de Fourier avec ses limbes ascendants et descendants. Je trouve aussi ces mots dont j'ignore d'où ils viennent et qui condensent tout ce que j'ai cherché à dire : « Ces terres d'ombre qui sont au centre de tout. »

Depuis quelque temps, je ne peux pas ouvrir un livre, l'ouvrir à n'importe quelle page, sans y trouver le mot limbes. Cela ne doit pas m'être si facile de les quitter, ces « terres d'ombre ».

Le dernier en date : un récit de Lampedusa. Qu'était, nous dit le narrateur, le café de Turin où se rend chaque jour le vieux professeur ? « Une sorte d'Hadès peuplé par des ombres exsangues... Ces vaines silhouettes jouaient aux dames ou aux dominos, plongées dans une lumière qu'obscurcissaient durant le jour portiques et nuages et que voilaient, le soir venu, d'énormes abat-jour ; jamais elles n'élevaient la voix, craignant sans doute qu'un son trop fort ne défît la trame fragile de leur apparence. Des limbes à ma mesure. » Écho de la Bibliothèque Nationale où commença mon enquête.

Si le vieux professeur qui crache sur le monde entier trouve dans le café de Via Po quelque chose comme un refuge face à l'imposture de tout ce qui survit sans vraiment vivre et sans aimer, c'est pour garder à jamais présent en lui, secrètement, le temps de ses uniques amours avec la fraîche sirène jaillie des eaux qui lui fit connaître une jouissance incomparable, infinie.

Entre la jouissance imaginaire du paradis perdu et la violence bien réelle, éternelle, toujours menaçante, de l'enfer inhumain des hommes, il nous reste un immense espace d'ombre, comme le café de Turin, et de clarté comme la lumineuse sirène. Pourquoi ne serait-ce pas l'ombre qui porte la lumière ?

Le patio clos de murs blancs. Le patio ouvert sur le ciel. Le parfum de la glycine. Des aboiements lointains de chiens. Des oiseaux qui tournoient inlassablement et empêchent le chat de rêver qu'il les prend dans ses griffes. Dans l'angle est, le soleil transmet encore de la chaleur à nos corps étendus à même le sol. Nous revenons, Anne et moi, de la plage dite du Marais salé que nous avons été les derniers à quitter. Sur ma bicyclette hollandaise, aimablement paisible comme le pays où elle a été fabriquée, j'ai monté les pentes, légères il est vrai, presque comme quand, à quatorze ans, je gravissais « en danseuse » sur mon vélo de course la côte abrupte menant à la villa des grandes vacances et que je me prenais pour René Vietto faisant l'ascension du Galibier.

De l'autre côté de la rue qui longe la maison basse un très haut peuplier vacille légèrement sous le vent du soir. J'aime que cet arbre solide soit aussi traversé de mouvements, soit une forme à la fois fixe et mobile, que vienne de lui comme un ruissellement de pluie fine.

Frissons de ses feuilles, frissons sur nos peaux qui gardent des traces de sel, l'empreinte de la mer où nous avons longtemps nagé. Ma main dans le creux de l'épaule très douce d'Anne et c'est tout son corps presque nu qui irradie le mien ; ses pulsations l'animant secrètement se mêlent aux miennes et alors toutes ces frontières que nous instituons entre le dehors et le dedans sont abolies.

Douleur, douceur : une seule petite lettre fait la différence. Disparition, apparition : rien qu'un préfixe pour opérer la métamorphose.

« Il lui semble qu'il vient de naître une seconde fois, que son corps a été remis au monde. Un corps nouveau tellement plus vif et sensitif que l'ancien. Il est sorti des limbes du passé, des lymphes grises de la mélancolie. »

Sylvie Germain, *Tobie des marais*

De quoi sont à jamais privés ceux qui séjournent dans les limbes ? J'ai pu imaginer que les bruits du monde leur parvenaient, amortis, que le lieu qui leur était assigné n'était pas vide mais peuplé d'images, infiltré de rêves, visité sans fin par des fantômes, des spectres et des ombres vouées au silence comme eux-mêmes. Sans doute pouvaient-ils imaginer, entrevoir, entendre d'autres voix lointaines ; ils étaient loin d'être insensibles, ces délaissés, ces exilés, plus sensibles même que ceux qui ont les pieds sur terre. Mais, si rien n'avait pour eux de consistance, si rien n'avait pour eux de chair, c'est qu'ils ne pouvaient rien toucher, rien palper, prisonniers de leur bulle. Que cherchons-nous d'autre, avec nos pensées mouvantes, nos mots fragiles et inquiets, avec nos yeux mêmes, s'obstinant à saisir sans pouvoir l'atteindre le cœur des choses, que de vouloir aller vers la chair du monde, pour la palper enfin, tels des protozoaires lançant leurs pseudopodes ?

De la rue me parviennent des voix d'enfants. Ce doit être les enfants de la colonie de vacances qui couraient en tous sens sur la plage tout à l'heure, sautaient, s'aspergeaient d'eau, criaient, poursuivaient les mouettes, indifférents aux adultes affaissés sur le sable et comme prêts à s'y ensevelir. Je perçois quelques mots d'une chanson idiote qui, curieusement, me ravit : « Une grenouille dans mon café au lait… » Ce sont des voix d'enfants joueurs. Peut-être sont-ils orphelins ou abandonnés par leurs parents ; ils ne sont pas bien costauds, leurs chandails sont usés, leurs shorts trop larges, ils se chamaillent, se bousculent en criant, les petits se tiennent par la main, les traînards pleurnichent, ils ont beaucoup marché, ils chantent leur chanson idiote. Ils sont vivants. Ils sont des enfants de la vie.

Avec eux, je prends congé des limbes. De mes cinq sens, je vois, j'écoute, je goûte, je respire, je palpe tout ce qui m'entoure et ce qui m'entoure est sans limites.

DU MÊME AUTEUR

Aux Éditions Gallimard

APRÈS FREUD, 1968, coll. « Les Essais », repris dans « Idées » et « Tel ».

ENTRE LE RÊVE ET LA DOULEUR, 1977, coll. « Connaissance de l'Inconscient », repris dans « Tel ».

LOIN, 1980, récit, repris dans « Folio ».

L'AMOUR DES COMMENCEMENTS, 1986, prix Femina-Vacaresco, repris dans « Folio ».

PERDRE DE VUE, 1988, coll. « Connaissance de l'Inconscient », repris dans « Folio Essais ».

UN HOMME DISPARAÎT, 1996, repris dans « Folio .

CE TEMPS QUI NE PASSE PAS *suivi de* LE COMPARTIMENT DE CHEMIN DE FER, 1997, coll. « Tracés ».

L'ENFANT DES LIMBES, 1998, repris dans « Folio .

FENÊTRES, 2000.

Chez d'autres éditeurs

VOCABULAIRE DE LA PSYCHANALYSE (avec Jean Laplanche), 1967, *Presses Universitaires de France*, 1967, repris dans « Quadrige ».

FANTASME ORIGINAIRE, FANTASMES DES ORIGINES, ORIGINES DU FANTASME (avec Jean Laplanche), 1985, *Hachette*, coll. « Textes du xxe siècle », repris dans « Pluriel ».

LA FORCE D'ATTRACTION, 1990, *Éditions du Seuil*, coll. « La Librairie du xxe siècle », repris dans « Points-Essais ».

Composition Nord Compo.
Impression Société Nouvelle Firmin-Didot
à Mesnil-sur-l'Estrée, le 22 décembre 2000.
Dépôt légal : décembre 2000.
Numéro d'imprimeur : 53869.

ISBN 2-07-041633-X/Imprimé en France.

97779